KB055727

로크미디어가
유혹하는
재미있는 세상
ROK
MEDIA
로크미디어

다시 한 번 아이돌

다시 한번 아이돌 5

2021년 3월 22일 초판 1쇄 인쇄
2021년 3월 25일 초판 1쇄 발행

지은이 틴타
발행인 이종주

총괄 김정수
경영 지원 배진경 임혜솔 송지유

기획 이기헌 왕소현 박경무 강민구
책임 편집 최전경

발행처 (주)로크미디어
출판등록 2003년 3월 24일
주소 서울시 마포구 성암로 330 DMC첨단산업센터 3층 318호, 319호
Tel (02)3273-5135 **편집** 070-7863-8592 **Fax** (02)3273-5134
홈페이지 rokmedia.com **E-mail** rokmedia@empas.com

값 8,000원

ISBN 979-11-354-9346-1 (5권)
ISBN 979-11-354-9341-6 04810 (세트)

틴타 현대 판타지 장편소설

다시 한 번 아이돌

ONCE AGAIN IDOL

Contents

Chapter 6. 데뷔 (2) 7

Chapter 7. 〈블루 룸 파티〉 45

Chapter 8-1. 교체 139

Chapter 8-2. 추억 속 그 가수 (1) 181

번외. 크로노스 프로필 293

Chapter 6.
데뷔 (2)

데뷔 5주 차, 이제 슬슬 무대에도 익숙해진 터라 무대를 앞두고 타 가수의 무대를 볼 여유도 생겼다.

대기실에 배치된 TV에서는 스트릿센터가 굿바이 무대를 펼치고 있었다.

"와, 저 형들 마지막 무대라고 이것저것 준비 많이 했네. 팬들 진짜 되게 좋아하겠다."

이진성이 말했다. 스트릿센터는 한 명 한 명 자신의 파트를 부르며 장미꽃 던지는 이벤트를 하고 있었다.

"그러게. 우리도 다음 주가 마지막인데 뭐 준비해야 하는 거 아닌가 몰라."

"헐! 형! 우리도!"

내가 말하자 진성이는 방방 호들갑을 떨어 댔다. 그래, 1위를 하든지 말든지, 응원해 준 팬들에게 감사 인사 겸 이벤트는 하는 게 좋을 것 같은데.

"진성이 좋은 아이디어 있어?"

메이크업을 마친 주한 형이 다가와 진성이 옆에 앉았다.

"으음, 전 아직? 한번 생각해 볼게요."

"현우랑 다른 멤버들도 마지막 무대 좋은 아이디어 있으면 말해. 뭐라도 하자, 우리도."

"네!"

그때 스타일리스트 누나가 윤찬이의 머리를 말아 주며 말했다.

"누나도 의견 내도 돼?"

"좋죠. 좋은 의견 있어요?"

주한 형의 물음에 누나가 씨익 웃었다. 저 누나, 예전에도 저 미소를 지으며 어른 차차 의상을 던져두고 간 적 있다.

"너희 팬들이 가끔 나한테 디엠 보내거든."

"우리 팬들이요? 뭐라고요?"

"너희 하네스 입혀 달라고."

"……형, 하네스가 뭐야?"

이진성이 나를 툭툭 치며 물었다. 나는 모른다는 뜻으로 고개를 저었다.

그러자 주한 형은 고개를 갸웃거리며 휴대폰으로 하네스

를 검색해 보았다.

"강아지 가슴 줄이라는데?"

"아이고, 녀석들아. 그거 그렇게 검색하는 거 아니야. 잠깐만."

스타일리스트 누나는 아이론을 내려놓고 자신의 휴대폰으로 검색한 화면을 보여 주었다.

'아이돌 하네스'라고 검색한 화면엔 검은 가죽 끈을 둘러맨 아이돌 사진들이 떠 있었다.

"……이게 하네스예요?"

"응. 섹시하지?"

이거 다른 가수들이 무대에 착용하고 나오는 걸 자주 보긴 했다.

"팬들이 또 이런 거 입히면 되게 좋아하거든."

누나는 우리에게 내밀었던 휴대폰을 쏙 치우고 매니저 형에게 다가가 사진을 보여 주었다.

"인현 오빠, 다음 주 의상 이걸로 가도 돼?"

"좋지!"

매니저 형이 흔쾌히 고개를 끄덕였다.

애초에 의상이 저걸로 정해져 있었던 거 아닌가? 딱히 이벤트나 우리 의견은 상관없었던 것 같다.

주한 형은 한숨을 쉬며 다시 한번 말했다.

"저건 누나 이벤트로 냅 두고 우린 따로 다른 거 생각해 보자."

"근데 형들, 지금은 마지막 무대보다 1위 공약부터 정해야 하는 거 아닐까요?"

오늘따라 복슬복슬해진 머리를 매만지며 윤찬이가 말했다.

"아…… 맞다."

멤버들은 일제히 시무룩해졌다.

"1위 공약 매번 생각하는 것도 민망하긴 해."

고유준이 말했다.

우리가 첫 데뷔부터 1위 후보에 들었으니까 지금까지 매번 1위 공약을 발표하긴 했다.

프리 허그부터 맨발 앙코르까지 공약이란 공약은 다 했는데 한 번도 1위를 한 적이 없어 전부 무산되었다.

매번 실낱같은 희망으로 열심히 짜낸 공약은 시행되지도 않고 버려지니 이제 슬슬 정하는 것조차 고문으로 느껴지던 차였다.

탄식하는 멤버들을 보던 주한 형은 힘없이 픽 웃었다.

"그래도 챌린지 반응 되게 좋았고 우리가 부족한 건 글로벌 투표뿐이었으니까 이번엔 기대해도 되지 않을까?"

"……주한 형 말이 맞아."

아직 일주일밖에 되지 않아서 반영이 안 됐을 수도 있지만 해외 K-POP 팬들도 〈퍼레이드〉 댄스 챌린지를 따라 하기 시작했고.

매번 기대하고 미끄러지긴 했어도.

"그래, 이번에는 진짜 될 수도 있어. 뭐 할까?"

고유준이 분위기를 전환하듯 말했다.

그제야 멤버들이 1위 공약에 대한 의견들을 내놓기 시작했다.

"관객석으로 들어가는 건 어때요?"

"그거 첫 주 공약."

"사투리 버전은…… 저번 주였구나."

1위 못했는데 공약은 참 많이도 했다. 난 다시금 씁쓸함을 느끼며 고민에 잠겼다.

지금까지 공약으로 내놓은 적 없으되 팬들이 보고 싶어 하는 게 뭘까?

〈크로노스 히스토리〉나 〈플라잉맨〉도 그랬고, 팬들은 예전부터 우리가 망가지는 모습을 참 좋아했는데.

그 순간, 문득 〈플라잉맨〉에서 뽀글 머리 가발을 썼던 것이 생각났다. 뽀글 머리 가발에서 떠오른 뜬금없는 아이디어.

"파트 바꿔 부르기. 어때?"

"……콜!"

진성이가 벌떡 일어서며 콜을 외쳤다.

"팬들은 우리 망가지는 모습 되게 좋아하잖아."

왜 갑자기 뽀글 머리에서 파트 바꿔 부르기가 떠올랐는지는 모르겠지만, 이거나 그거나 웃기려는 의도는 같으니까.

주한 형은 고개를 끄덕이며 말했다.

"서로 반대되는 이미지 멤버 파트로 가자고."

주한 형이 각 멤버의 파트를 지정해 주었다.

고유준이랑 윤찬이가 제일 극명히 갈리는 이미지, 목소리로 두 사람의 파트가 바뀌었고 나는 랩이 있는 진성이 파트를, 주한 형은 고음이 많아 음 이탈 날 것이 뻔한 내 파트를, 진성이는 감정 가득 내레이션 부분이 있는 주한 형 파트를 받았다.

"이거 좋다! 이건 공약 꼭 할 수 있었음 좋겠는데? 제대로 웃기겠다, 진짜."

이진성이 흥분을 가득 안고 말했다.

언제부터 우리는 웃기는 데 진심인 그룹이 되었던가. 주한 형도, 나도, 박윤찬도, 심지어 이진성까지 분명 차차를 하기 전까진 개그에 욕심 없던 인간들이었는데.

"크로노스, 무대로 이동하실게요!"

"네!"

방송 스태프가 대기실로 들어와 우리 차례가 머지않았음을 알렸다.

"1위는 해도 좋고 안 해도 어쩔 수 없고. 어떻게 될지 몰라서 일단 〈크로노스 히스토리〉 벌칙 의상은 챙겨 왔어. 혹시

나 1위 하면 윤찬이 무대 뒤로 달려와."

매니저 형이 우릴 따라오며 말했다.

우린 대충 고개를 끄덕이고 MC석으로 향했다.

잠깐의 인터뷰와 1위 공약을 말하고 이동한 무대 뒤.

주한 형이 손을 내밀자 그 위로 자연스럽게 멤버들의 손이 올라갔다.

"우리."

"잘하자!"

"어이!"

구호를 외침과 동시에 우리가 1위 후보임을 알리는 영상이 올라가고 MC가 크로노스를 소개했다.

"크로노스, 무대로 올라가실게요!"

나는 무대로 향했다. 커다란 함성 소리가 들려왔다.

"우앗! 뭔가 함성 소리 커진 것 같지 않아?"

이진성이 날 돌아보며 말했다. 난 고개를 끄덕였다.

"맞아. 커진 것 같아."

확실히 저번 주 음방을 돌 때보다 고리들의 목소리가 커진 것이 제대로 느껴졌다.

일주일 새 유입이 많이 늘어난 건 알고 있었지만 이렇게 금방 체감될 줄이야.

신나서 손을 흔드는 진성이를 따라 고리들에게 손을 흔들어 주고 자세를 잡았다.

"정말! 이분들이라면 하루 씨가 푹 빠질 만하죠! 하루 씨 쓰러지기 전에 얼른 무대 시작해야겠어요! 그럼 크로노스분들의 〈퍼레이드〉! 함께 보시죠!"

무대가 암전되고 잠시 후 뮤직비디오와 같은 파스텔 톤 조명이 들어왔다.

〈퍼레이드〉의 무대가 시작되었다.

매번 1위를 목전에 두고 미끄러지며 기대는 쉽게 해선 안 된다는 걸 배웠다.

어차피 댄스 챌린지 여파가 아직은 제대로 반영되지 않았을 거고, 아주 조금, 이번 주는 그래도 다르지 않을까 하는 생각을 하기는 했지만 또 미끄러질까 봐 굳이 입 밖으로 꺼내지는 않았다.

우리가 댄스 챌린지로 화제가 되긴 했어도 오늘은 스트릿센터의 〈ONE〉 마지막 무대이기도 하니까.

스트릿센터의 팬들도 이 악물고 총공에 나섰을 것이다.

1위 발표를 위해 다시 올라온 무대.

긴장한 우리는 또 고배를 마실까 걱정하는, 마치 가시방석 위에 앉아 있는 기분이었다.

"이번 주 〈뮤직케이스〉 영광의 1위는 누가 될지, 점수 보여 주세요!"

그러나 크로노스와 고리들은 절대로 약하지 않았다.

디지털 음원 점수

크로노스 4121

스트릿센터 3587

글로벌 팬 투표

크로노스 670

스트릿센터 1000

방송 점수

크로노스 1717

스트릿센터 1980

음반 점수

크로노스 4543

스트릿센터 3966

"이번 주 〈뮤직케이스〉 1위의 주인공은!"

빠르게 올라가는 점수.

평소와 같이 비등비등한 숫자에 계산하기를 포기하고 결

과만을 기다릴 때.

"……잠시만."

조용히 옆에 서 있던 주한 형이 말을 더듬으며 내 팔을 잡아 왔다.

난 주한 형을 돌아보았다.

형의 놀란 표정을 보는 순간, 설마, 나는 눈을 크게 뜨며 저 빠르게 올라가는 총점수의 화면을 뚫어질 듯 바라보았다.

1위가.

총점

크로노스 11051

스트릿센터 10533

드디어 역전되었다.

"크로노스 1위! 축하드립니다!"

큰 폭죽 소리와 함께 하늘에서 종이꽃이 떨어져 내렸다.

팬들의 열띤 함성이 이어졌다.

그러나 우린 어떠한 반응도 하지 못한 채 화면만 줄곧 바라보고 있었다.

어떤 리액션도 취하지 못했다.

〈픽위업〉 때는 예상이라도 했지, 이건…….

"크로노스, 축하드립니다! 트로피 받아 주세요."

한 달간 1위 후보에만 익숙해진 자들은 눈앞의 현실을 제대로 받아들이지 못했다.

주한 형이 아까 전 잡았던 내 팔을 고스란히 붙잡은 채 화면만 보고 있자 결국 MC는 주한 형의 손에 강제로 트로피를 들려 주고 진행을 마무리했다.

"하하, 크로노스분들이 첫 1위라서 많이 놀라신 듯해요. 그럼 크로노스 여러분, 앙코르 무대 준비해 주시고요. 매주 일요일 여러분과 함께하는 〈뮤직케이스〉! 다음 주도 쟁쟁한 라인업과 함께 찾아오도록 하겠습니다."

"생방송 〈뮤직케이스〉! 다음 시간에 만나요!"

출연진이 무대 밑으로 내려가기 시작했다.

MC를 사이에 두고 반대편에 서 있던 스트릿센터가 다가와 우리의 첫 1위를 축하해 주었다.

"1위 축하한다! 사실 너네 1위 할 줄 알았어."

우정 형이 내 등을 퍽퍽 때리며 격하게 말했다.

데뷔곡 마지막 활동의 1위를 못 한 탓에 조금 아쉬운 듯 보였지만 우정 형은 진심으로 우리를 축하해 주었다.

하지만 난 축하해 주러 온 우정 형의 아픈 등 타작에도 불구하고 트로피에서 시선을 뗄 수 없었다.

"울어?"

"……아니거든요."

"울지 말고. 너희 요즘 뜨겁더라. 우리 활동 끝났으니까 이번 주 내로 우리도 챌린지 올릴 거야. 기다려. 아무튼 축하한다."

내가 고개를 끄덕이자 우정 형은 마지막으로 한번 더 등을 툭 치고 무대 밑으로 내려갔다.

여기까지는 정말로 눈물 나지 않았다. 정말로.

그냥 믿기지 않아서 굳은 채, 주한 형이 들고 있는 트로피를 줄곧 쳐다보고 있었을 뿐.

그러나 주한 형과 눈이 마주치고 주한 형이 알 수 없는 표정을 지으며 나에게 트로피를 넘겨줬을 때.

고유준이 '수고했다.'라며 내 어깨를 끌어 다섯 명이 한가운데에서 모였을 때.

팬들의 함성 소리가 세상을 가득 채우고 박윤찬, 이진성의 훌쩍이는 모습을 보았을 때.

마지막으로 〈퍼레이드〉의 곡이 흘러나왔을 때 결국 내 눈에도 눈물이 고이기 시작했다.

앙코르 무대 해야 하는데. 아니면 소감이라도 말해야 할 텐데.

"잘했어. 정말 잘했어."

우린 가운데 모여 어깨동무를 한 채 한참이나 있었다.

"고마워."

주한 형은 울지 않았지만 목소리가 떨리고 있었다.

멤버들은 곡이 끝날 때까지 울면서 이대로 있을 기세였다.

결국 주한 형이 먼저 어깨동무를 풀고 떨어졌다.

"큰일 났다. 파트 바꾸기 해야 하는데……."

고유준이 중얼거렸다.

우리 팬들은 첫 1위에 감격해 공약 따위 상관없어진 듯하지만 기껏 공약을 이행할 수 있게 되었는데 박윤찬, 이진성, 나까지 우는 바람에 도저히 시작할 수가 없었다.

심지어 〈크로노스 히스토리〉 틴타랜드 편에서 걸린 박윤찬의 벌칙 의상 또한 매니저 형이 무대 뒤에서 오열하고 있는지 이행되지 못했다.

그 어느 것도 하지 못한 채, 멤버도 울고 팬도 울고 매니저 형도 울며 크로노스의 첫 1위 앙코르는 끝나 버렸다.

Q. 첫 1위 공약도 〈크로노스 히스토리〉 벌칙도 이행하지 못한 채로 무대에서 내려왔는데 어떻게 해야 하나요.

A. 어떻게 하긴 뭘 어떻게 해. 내려와서라도 해야지.

그런고로 우린 지금 연습실에 와 있다.

나 포함 훌쩍이던 세 멤버와 같이 울던 매니저, 멍하니 있던 리더와 분위기상 눈치만 보던 고 씨.

팬들은 1위가 너무 감격스러웠나 보다 단순히 추억에 남을 해프닝으로 여겨 주었지만 한편으론 파트 바꾸기와 벌칙 의상을 보지 못해 아쉽다는 반응 또한 보였다.

우린 〈뮤직케이스〉를 마치고 부랴부랴 연습실로 향해 무대의상을 갖춰 입었다.

물론 박윤찬은 벌칙 의상인 〈멍멍냥냥〉 의상을 입었다.

"마이크 없이 불러야 하니까 다들 배에 힘 빡 주고. 알지?"

주한 형의 말에 멤버 모두 고개를 끄덕였다.

난 잠시 머뭇거리다 손을 들었다.

"형, 근데 우리 안무는?"

"……어음."

주한 형은 차마 안무까지 생각하진 못한 모양이다.

1위 직후 앙코르 무대에서야 안무를 포기하고 무대 돌아다니면서 노래 파트만 바꿔 불러도 되겠지만 연습실에서 의상까지 갖춰 입었으면 노래 파트만 바꿔 부르기도 애매하다.

"그럼 안무도 바꾸면 되지."

고유준이 별거 아니라는 듯 말했다.

"너 윤찬이 안무 앎?"

"모름. 근데 그것도 그거 나름 웃기지 않냐."

"형! 형! 난 주한 형 안무 알아!"

진성이가 기세등등하게 말했다.

주한 형은 하나도 놀란 기색 없이 고개를 끄덕였다.

"우와, 진성이 대단하네."

사실 이진성이라면 각 멤버별 안무를 외우고 있을 거란 걸 다들 알고 있었다.

"그럼 그냥 안무도 바꿔서 추자. 어차피 웃자고 만드는 영상, 틀려도 틀리는 대로 그냥 하면 되지 뭐."

주한 형이 일어났다. 이건 즉석에서 하는 것이 재밌기 때문에 따로 연습하거나 맞춰 보지 않고 바로 대형을 맞춰 섰다.

"나 어디지? 진성아, 너 위치 어디야?"

"아이, 형! 섭섭하게 진짜 이럴래? 나 여기잖아."

이진성이 날 자신의 자리에 데려다 놓았다.

나뿐 아니라 다른 멤버들도 대형 위치부터 헤매고 있었다.

나름 다른 멤버들 파트도 어렴풋하게는 안다고 생각했는데 막상 추려고 하니 전혀 아니었다.

우리가 새로 맞춘 자리에 서자 매니저 형이 카메라 뒤로 향했다.

"시작한다!"

매니저 형은 카메라를 만지작거리더니 오케이 사인을 보냈다.

"하나, 둘, 셋!"

"안녕하세요! 크로노스입니다. 잘 부탁드립니다!"

"여러분, 저희가 왜 갑자기 무대의상을 입고 영상을 찍느냐. 바로바로."

"1위 앙코르를 망쳤기 때문입니다!"

"와아!"

"우후!"

우린 민망함을 담아 최대한 밝게 이야기했다.

"아까 누구는 울고 누구는 멍하게 있느라 파트 바꿔 부르기 공약을 못 지켰잖아요. 이렇게라도 약속을 지키려고 무대 의상으로 갈아입고 카메라를 켰습니다."

"내친김에 댄스 파트도 바꾸기로 했어요. 이왕 하는 거 제대로 해야지."

"그리고……."

주한 형이 박윤찬을 데려와 가운데에 세웠다.

"윤찬이는 〈크로노스 히스토리〉 벌칙도 했어야 하는데 그것도 못 해서."

"준비는 해 놨거든요, 혹시나를 위해. 근데 뒤에서 매니저 형도 우느라 생각을 못 했나 봐요. 그래서 이제라도."

주한 형과 고유준의 멘트에 박윤찬이 손바닥으로 얼굴을 가렸다.

머리에 쓴 축 처진 토끼 귀 머리띠가 윤찬이의 심정을 대신 알려 주고 있었다.

고유준은 박윤찬을 보며 낄낄거리다 말했다.

"우리도 의상 바꿀까요? 각자 맡은 멤버 의상으로."

"의상? 너 윤찬이 의상 꽉 낄걸."

주한 형의 말에 고유준이 어깨를 으쓱였다.

"원래 이런 건 그런 재미지. 어때요, 다들 의상 체인지?"

"에이, 그래. 어차피 하는 거 제대로 하자. 컷컷!"

난 팔로 엑스 자를 그리며 카메라 앵글 밖으로 나갔다.

웃길 거면 제대로. 그냥 고유준이 윤찬이의 의상을 입고 춤추다가 찢어 먹었으면 좋겠다.

우린 잠시 카메라를 멈추고 옷을 바꿔 입었다.

고유준은 역시 윤찬이의 옷이 꽉 껴서 불편하다며 팔을 억지로 돌려 봤고, 난 이진성의 옷이 조금 너르게 느껴졌다.

내 옷을 입은 주한 형이야 체격 차이가 별로 없어서 딱 보기 좋았고 이진성은…….

"형! 인현 형! 아니, 주한 형! 이거 단추 안 잠겨요!"

주한 형 옷 단추가 안 잠긴다며 주한 형을 붙잡고 징징거리고 있었다.

저 근육질 몸에 윤찬이 옷 입혔으면 농담이 아니고 진짜로 뜯어 먹을 뻔했다.

"그냥 위에 단추 한두 개 풀어. 그 정도는 괜찮아."

"누, 누나들이 보면 확실히 화낼 거예요. 이 영상……."

윤찬이는 곧 터지려 하는 주한 형의 셔츠를 걱정스레 바라보며 중얼거렸다.

하지만 멤버들은 굴하지 않았다. 지금 당장의 웃음을 위해 스타일리스트 누나들에게 혼나는 길을 택했다.

"형들, 내가 여기서 셔츠 찢으면 고리분들이 웃을까?"

"너 레알 누나한테 혼날걸."

"일단 찢고 꿰매지 뭐. 나 그래도 바느질 잘해."

아아.

아아!

언제부터 우리는 이렇게 된 걸까.

우린 옷 갈아입기를 마무리하고 다시 카메라 앞에 섰다.

우리가 옷 갈아입는 동안 잠깐 커피를 사러 다녀온 매니저 형은 이 광경을 보더니 한숨을 푹 쉬며 스타일리스트 누나와 통화하러 나갔다.

카메라를 다시 켜는 것은 내가 맡았다.

"켤게요. 다들 준비됐어?"

"어!"

"오케이."

나는 카메라를 켜고 앵글 안으로 들어와 섰다.

"다시 인사해?"

"아니아니. 옷 갈아입기 전부터 시작할걸, 아마."

"그럼 그냥, 저희 옷 갈아입고 왔습니다. 어떤가요?"

난 주한 형이 말하자마자 감탄하며 진성이의 팔뚝을 쓸었다.

"어우야. 터질 것 같아요, 진성 씨."

그러자 진성이는 씨익 웃으며 고개를 끄덕였다.

"터지도록 열심히 추려고요. 나중에 혼나면 제가 꿰매기로 결정했어요."

"근데 진성이가 유독 눈에 튀어서 그렇지 뒤에 유준이도 만만치 않아요."

주한 형이 고유준을 가운데로 데리고 와 셔츠를 당겼다.

빵빵해진 셔츠는 더 이상 늘어나지 않고 대신 고유준의 몸만 흔들거렸다.

"그 와중에 입을 다물고 있는 윤찬 씨."

"아……."

시선이 모이자 다시 손바닥으로 얼굴을 가리는 박윤찬의 모습에 고유준이 낄낄거렸다.

"왜! 괜찮은데. 차라리 귀여운 게 좋지."

"맞아. 형이라서 괜찮음. 유준이 형이 했으면 차마 못 볼 꼴이었겠지만."

"뭐엇!"

"자, 이제 장난 그만!"

주한 형이 멱살잡이한 고유준과 이진성을 떼어 놓았다.

"1위 공약이었던 파트 바꿔 부르기 이제 시작하겠습니다!"

때마침 핼쑥해진 매니저 형이 다시 연습실로 들어왔다.

"너희 그거 그렇게 입고 춤춘다는 거지? 스타일리스트들 벼르고 있는 것만 알아 둬."

인현 형은 다시 한번 한숨을 쉬고 곡을 틀어 주었다.
〈퍼레이드〉의 전주가 연습실에 울려 퍼졌다.
우린 곡이 시작되자마자 표정을 바꾸고 자세를 잡았다.
투둑-.
시작하자마자 진성이의 셔츠에서 실밥 뜯어지는 소리가 들려왔다.
"흐허억!"
고유준은 터진 웃음을 애써 꽉 참고 동작을 계속했다.
처음부터 연이어지는 격한 춤.
"어!"
"우앗! 와악!"
"야! 여기 아냐!"
그와 동시에 엉키는 발. 걸리고 넘어지고 난리도 아니다.
이진성의 파트를 맡은 나와 내 파트를 맡은 주한 형은 전주부터 아예 움직임을 멈춰 버렸다.
"뭐, 어떻게 춰, 이걸. 나 여긴 몰라."
그냥 뇌가 정지된 느낌이었다.
"현우 형, 맨날 옆에서 춤추면서 그걸 몰라? 섭섭하게!"
진성이가 고유준의 발에 걸려 넘어진 채 말했다.
근데 어떻게 하라고. 이진성 파트는 어려워도 너무 어려운 걸.
난 일단 전주는 주한 형과 같이 멀뚱히 멈춰 선 채 넘겨 버렸다.

이제 첫 파트.

고유준이 속삭이듯 스카이폴을 내뱉은 그곳.

박윤찬이 튀어나와 속삭였다.

"레엣 더 스으-카이폴……."

토끼 귀, 동물 잠옷을 입은 박윤찬이 심각한 표정으로 나름 진지하게 스카이폴을 외쳤다.

그러나 워낙 미성이라서, 토끼 귀 머리띠라서, 동물 잠옷이라서, 아니 뭐든 고유준 특유의 무거움을 전혀 살리지 못했다.

"읔햫컄캭핰햐악! 미, 아니 겁나 웃겨헙!"

고유준은 일어나려는 노력도 없이 뻗어서 폭소했다.

윤찬이는 원망스레 고유준을 노려보다가 파트를 마치고 뒤로 빠졌다.

다음은 원래 내 파트.

주한 형이 소화할 차례다.

무릎을 꿇고 있다가 허벅지에 꽉 힘을 주고 하체로만 일어나는 꽤 난이도 있는 파트.

주한 형이 과연 소화할 수 있을까? 모두의 시선 속에 주한 형이 일단 무릎을 꿇었다.

원래 전주가 끝났을 때부터 무릎을 꿇고 있어야 했지만 전주 내내 정지되어 있던 주한 형이 무릎을 꿇고 있을 리가.

"내 세상에 들어온 건- 쯧, 에이, 안 되겠다."

주한 형이 허벅지에 힘을 줘 일어나려다 다시 주저앉았다.

"형 나이 들었나 봐. 일어나는데 무릎에서 뼈 소리 났어."

"형, 비켜!"

박윤찬의 파트를 맡은 고유준이 뼈 소리를 토로하는 주한 형의 무릎 위를 점프해 넘어가며 노래를 불렀다.

찌지지직!

그 와중 고유준의 바지에서 불길한 소리가 들려왔다.

고유준은 제 바지를 확인하더니 결국 또 웃음이 터져 제대로 파트를 부르지 못하고 뒤로 빠졌다.

"아이, 또 현우 파트야?"

멍하니 무릎 꿇은 채 고유준을 구경하던 주한 형이 후다닥 일어나 내 파트를 준비했다.

고유준은 결국 아예 뒤로 빠져 폭소했다. 바지가 터진 모양이었다.

"아니, 왜 다들 춤을 안 춰?"

이진성은 넘어져 있다 겨우 정신 차리고 자신 있게 주한 형 분의 안무를 하고 있었다.

윤찬이는 결국 이어 나가길 포기한 듯 쪼그려 앉아 이 광경을 바라보고 있다.

주한 형은 비장하게 몸을 튕기며 앞으로 나가 내 파트를 불렀다.

"하늘이 내려앉고 바닥이 무너져도! 너는 내 곁에! 스카이폴! 스카이폴!"

"……와우."

정말 총체적 난국이 따로 없다.

근데 그래도 웃기긴 하다.

투둑! 쭈와악!

아이고오, 결국 이진성의 셔츠가 터졌다.

아까부터 누가 웃으며 구르든 현타를 느끼고 쪼그려 앉든 혼자서 열심히 제대로 춤추더니 결국 등부터 셔츠가 쫙 찢어졌다.

이진성의 등짝이 훤히 드러났다.

"후앗!"

이진성이 춤을 멈추고 자신의 가슴께를 크로스로 가리며 슬금슬금 앵글 밖으로 물러났다.

"미치겠네! 크흡!"

"현우 거기서 뭐 하고 있어! 얼른 일로 와!"

내가 카메라를 등지고 주저앉아 미친 듯이 웃자 주한 형은 이진성의 셔츠가 뜯어지든 말든 지팡이를 주워 들고 나를 끌어다 가운데 세워 두었다.

폭소하던 고유준과 쪼그려 앉아 있던 박윤찬이 주섬주섬 정신을 차리고 겨우 자리로 돌아왔다.

주한 형과 나의 페어 댄스.

진성이도 나도 어려워하던 발 구르기 동작에 주한 형은 또 정지되어 버렸다.

난 허접하게나마 외운 이진성의 개인 파트 안무를 추고 허리를 숙여 주한 형이 아무렇게나 든 지팡이를 잡아당겼다.

그리고 얼떨결에 시작된 주한 형의 독무.

내가 살다 살다 주한 형의 독무를 보게 되다니.

"워어!"

"형, 잘한다!"

몇 가지 동작이 없어지기는 했지만 그래도 최대한 열심히 추는 주한 형에게 우린 신기함 반 놀람 반을 담아 환호했다.

"그만 웃고 얼른 다시 서! 녀석들아!"

주한 형의 윽박에 우린 다시 대형을 맞춰 섰고 어떻게든.

어떻게든! 〈퍼레이드〉는 마지막으로 향했다.

뭐가 많이 허접하고 심지어 셔츠 터진 멤버 하나가 사라지긴 했지만 원래 공약이라는 게 이런 걸 보는 맛 아닌가.

그리고 진짜 마지막.

"영원히!"

주한 형이 마무리하며 곡이 끝났다.

중간에 빠진 진성이가 앵글 안으로 손만 집어넣어 브이 자를 만들어 냈다.

"허억- 헉!"

웃기만 했지 뭐 제대로 한 것도 없는 것 같은데 이것도 안무라고 그냥 숨이 너무 찼다.

그리고 이어서 나오는 헛웃음과 현타.

우린 바닥에 주저앉은 채 피식피식 웃어 대다 카메라를 바라보았다.

"감사합니다!"

"1위 감사합니다!"

"안녕! 나중에 봐요!"

제각각의 인사를 나누며 촬영은 끝이 났다.

"이거 올라가면 분명 난리 날 거야. 장담해."

고유준이 대자로 뻗으며 말했다.

그리고 다음 날 오후, 고유준의 말대로 1위 공약 이행 영상이 너튜브에 올라가고 얼마 안 되어 우린 다시 파랑새 실트를 장악했다.

매번 1위 후보에서 끝날 때마다 속상한 건 비단 크로노스뿐만이 아니었다.

그들의 팬 고리들도 매 순간 안타까워하고 속상해하고 분했다.

충분히 할 수 있는 1위인데 자꾸만 미끄러지니까.

그러던 와중 크로노스가 〈퍼레이드〉 댄스 챌린지를 시작했다.

이것이 〈퍼레이드〉를 1위로 올릴 마지막 기회라고 생각한 고리들은 열과 성을 다해 #퍼레이드_댄스_챌린지 해시태그를 띄우기 시작했다.

어떤 이들은 과감하게 댄스 챌린지에 참가하기도 했으며, 능력자들은 멤버들의 영상을 2차 가공해 각 나라의 언어로 너튜브에 업로드하기도 했다.

우리 고리들이 해외 화력이 부족하지 국내 화력이 부족한가!

닉네임기부원함@uuoi · 3시간 전
(서현우 퍼레이드 무대 직캠영상 움짤)
ㅋㄹㄴㅅ라는 그룹 댄스 챌린지가 유행이라길래 뭐하는 애들인가 찾아보다가 입덕할뻔;;
이름은 몰겠는데 난 얘
답글 14 RT 2 좋아요 57

ㄴ**크로앓앓 @hancro · 4분 전**
@uuoi 님에게 보내는 답글
(서현우 붉은 망토 차차 사진.jpg)
안녕하세요! 초면에 죄송합니다!
안 궁금하실지도 모르지만 해당 멤버의 이름은 서현우라고 합니다!
〈붉은 망토 차차〉 걔, 센터 걔, 〈플라잉맨〉 거절 아이돌로 유명합니다!
예쁘게 봐주셔서 감사해요!

닉네임짓는게 @himduro · 30분

(박윤찬, 이진성 댄스 챌린지 영상 캡쳐jpg)
크로노스댄챌 보는데 오른쪽 멤 이름 뭐지? 예쁜게 존나`
취향인데...??
그 옆에 춤 잘추는 잘생긴 애는 앎

답글 12 RT 82 좋아요 201

ㄴ**박토끼** @ttokkissi · 16분

@himduro **님에게 보내는 답글**
초멘 죄송합니다!
오른쪽 토끼 닮은 예쁘고 귀여운 멤버는 크로노스의 넷째
박윤찬이란 멤버입니다!
아직 데뷔한지 얼마 안된 그룹이지만 윤찬이 뿐 아니라 멤
버 다섯명 모두 비주얼천재, 무대 천재들이니 괜찮으시다
면 한번 봐주시길 부탁드려요!
*전 개인적으로 차차, 달바다, 크로노스, 히스토리 무대 추
천드립니다!

ㄴ**닉네임짓는게** @himduro · 30초

@ttokkissi **님에게 보내는 답글**
하아...감사합니다ㅜㅜ
방금 추천해 주신 거 보고 왔는데 그것만 보고오려다 연관
된 영상 다 보고 왔네요...이렇게 웃기고 멋진 그룹 첨 봅니
다 흑흑 감사 대감사

이렇게 댄스 챌린지로 화제도 모으고 영업을 하면 하는 대로 유입이 되고, 국내 상황이 이러니 해외 K-POP 팬들도 조금씩 반응하는 조짐을 보였다.

우선 K-POP 팬들 사이 가장 유명한 해외 너튜버가 댄스 챌린지에 참여하고, 굳이 크로노스를 좋아하지 않아도

K-POP 아이돌이라는 것만으로 흥미를 가지고 조금씩 댄스 챌린지에 참여하는 해외 팬들이 늘어났다.

그러니 팬들은 기대하지 않을 수 없었다.

저번 주에도 고배를 마셨던 〈뮤직케이스〉 1위.

이미 국내에서의 반응은 더할 나위 없이 뜨겁고, 크로노스에게 부족하던 해외 팬들의 반응도 어느 정도 생겨났다.

애초에 매번 1위를 차지하던 스트릿센터와의 점수 차이는 아주 미세한 정도.

스트릿센터가 마지막 무대인 게 조금 걸리긴 하지만 기대하는 건 나쁜 게 아니니까!

그리고 결국 크로노스와 고리들은 해냈다.

〈퍼레이드〉 활동 5주 만에 드디어 첫 1위를 따냈다.

고리들에게 이보다 더 큰 기쁨이 어디 있을까. 고리들의 파랑새 홈은 크로노스를 향한 기특함과 감격으로 가득했다.

1위기념이벤중 @UJUN · 1일 전
(앙코르 무대, 멤버 모두 어깨동무를 한 채 움직이지 않는 모습 보정 움짤)
이 순간 고스란히 느껴지는 멤버들의 감정
고생했어 얘들아. 1위 축하해.
정말 너무 사랑해
#Chronos1stWin #크로노스
답글 3 RT 3.7천 좋아요 1.9천

찐고리 @jjingori · 1일 전

(1위 순간 굳은 강주한과 서현우 보정 움짤)
고리들 모두 너희 1위 시켜주고 싶어서 숨스밍하고 투표하고 챌린지홍보하고...타팬들이랑 싸우면서 너무 속상하고 그랬는데 너희가 이렇게 좋아하는 거 보니까 다 괜찮아졌어
너무 축하해 진짜로ㅜㅜㅜㅜ
#Chronos1stWin

답글 RT 103 **좋아요** 588

서겨울 @diuslin · **20분 전**
(눈이 새빨개진 채 90도로 인사하는 크로노스 보정 움짤)
내가 생각보다 크로노스 더 많이 좋아하나 보다. 애들 1위 하니까 현실로 비명지르고 오열함...얼마나 많이 고생하고 노력했는데 이제야 1위하게 해줘서 너무 미안해
첫 1위 축하하고 오늘은 푹 쉴 수 있길.
#Chronos1stWin
#크로노스_1위_너무_축하해

답글 RT 899 **좋아요** 2.6천

사실 음악 방송이 진행될 때만 해도 크로노스의 1위 공약이 이행되길 바라긴 했지만 지금 진짜 1위를 하고 애들이 펑펑 울며 감격에 젖었는데 공약이 무슨 상관인가.

고리들은 〈뮤직케이스〉 1위 공약을 잊어버린 채 밤새도록 축제를 벌이고 있었다.

그리고 다음 날 오후, 너튜브 크로노스 채널에 예고도 없이 영상 하나가 올라왔다.

약 10분이 조금 넘어가는 영상은 뭔가 이상했다.

일단 썸네일부터 이상했다.

멤버들의 모습은 확실한 것 같은데 무슨 헤드뱅잉이라도 하는 건지 실루엣이 심하게 흔들리고 있었다.

고리들은 설레기 시작했다. 우리 크로노스가 또 무슨 이상한 영상을 올렸을지 기대하며 영상을 클릭했다.

영상 속 멤버들은 무대의상을 입은 채 고리들조차 잊고 있었던 1위 공약을 이행하겠다는 포부를 내비쳤다.

혼자만 눈에 튀는 토끼 잠옷 토끼 귀 머리띠의 박윤찬에게 굉장히 시선이 가기는 했지만 저 출처가 어디인지는 알고 있으니 일단 넘어가고.

—우리도 의상 바꿀까요? 각자 맡은 멤버 의상으로.

고유준의 말에 멤버들은 대화를 멈추고 서현우부터 하나둘씩 화면 밖으로 나가기 시작했다.

그리고 편집되어 화면 앞에 나타난 멤버들의 모습은.

—저희 옷 갈아입고 왔습니다. 어떤가요?

—어우야. 터질 것 같아요, 진성 씨.

—히히, 터지도록 열심히 추려고요. 나중에 혼나면 제가 꿰매기로 결정했어요.

—근데 진성이가 유독 눈에 튀어서 그렇지 뒤에 유준이도 만만치 않

아요.

누구는 셔츠와 바지가 터질 것 같고 누구는 좀 넉넉하고 박윤찬은 토끼 같고.

맞지 않는 옷들을 입고 뭐가 그리 좋은지 멤버들이 낄낄거리고 있었다.

'그래, 너희가 좋으니 나도 좋다.'

심지어 웃기다. 그럼 된 거 아닌가.

크로노스가 아이돌 이미지 내려놓고 웃기는 데 진심 되어 버리는 일이 한두 번도 아니고.

이젠 팬들도 익숙하게 이들의 망가짐을 즐겼다.

곧이어 시작되는 안무와 라이브 모습은…….

정지되었다 재생되기를 반복하는 강주한.

극초반 바지가 뜯어졌을 때부터 안무와 라이브를 포기하고 그냥 미친 듯이 웃어 대는 고유준.

처음엔 좀 진지하게 하는가 싶더니 이내 카메라를 등지고 주저앉은 채 이 광경을 신기하게 구경하는 서현우.

수치플 박윤찬.

난 모르겠고 내 길을 간다며 꽉 끼는 옷을 입고 제대로 춤추다 본의 아니게 상의 탈의하며 사라진 이진성.

말 그대로 개판인 상황에 들리는 매니저의 한숨과 이걸 그냥 올린 담당자까지.

대환장 그 자체.

하지만 내 가수의 이런 모습을 싫어할 사람이 있을까?

크로노스의 완벽한 1위 공약 이행 모습은 당연하게도 팬들에게 뜨거운 반응을 얻었다.

꿍야 @pvcco · **1시간**
(시작부터 대형 망가져서 우르르 넘어지는 크로노스 움짤)
아 나 오늘부터 1일 1공약영상하려고;;
답글 RT **569** **좋아요** **321**

고리노스 @gorinous · **30분**
(크로노스 1위 공약 영상 링크)
아오 쉬바 제발 이것 좀 봐줘요ㅠㅠㅜㅜㅜㅓㅡㅏㅓㅑ오천원 줄테니까 제발 우리 애기들 개판치는 것좀 봐달라고ㅜㅜㅜ
답글 RT **285** **좋아요** **263**

앵두 @dotdoru · **5시간**
주한이 현우 레어한 페어 댄스였는데 한 사람은 고장났고 한 사람은 버벅거리면서 추다 대강 지팡이만 잡아 당김ㅋㅋㅋㅋㅋㅋㅋㅋㅋㅋㅋㅋㅋㅋㅋ
답글 RT **121** **좋아요** **323**

모ㅑ @MUA · **2시간**
(카메라를 등진 서현우 움짤)
현우 좋은 말 할때 얼굴보여라..누나 죽는 꼴 보고 싶어???
답글 RT **7** **좋아요** **11**

최애셋째 @SHW_4 · 1시간
긴말 안한다. 난 오늘 관짜고 들어가서 하루종일 이것만 보
고 있을 예정
(이진성 셔츠 분해, 황급히 가리는 모습.JPG)
답글 RT 26 **좋아요** 35

파랑새 실트를 장악하고 얼마 되지 않아 너튜브 인기 검색어 순위에도 노출된 크로노스는 무대 할 때와는 다른, 그들 특유의 B급 감성 개그로 또 한 번 대중의 관심을 받게 되었다.

한편 그 시각, 영상이 업로드 된 이후 상황을 지켜보던 크로노스 매니저 조인현은 심각하게 토론 중인 크로노스에게 과열되는 팬들의 반응을 알려 주고 싶어 입이 간질거릴 지경이었다.

크로노스는 현재 잠시 연습을 중단하고 회의 중.

얼마 남지 않은 라이브 생방송을 팬들에게 어떤 식으로 스포 할지 계획하고 있었다.

〈퍼레이드〉의 활동은 앞으로 1주 남았고 별다른 휴식기 없이 곧바로 후속곡 활동을 이어 나갈 예정이었다.

우리는 후속곡 활동의 첫 시작을 〈크로노스 히스토리〉의

마지막 선물, 라이브 방송으로 정했다.

문제는 라이브 방송과 후속곡 등을 어디서 어떻게 팬들에게 귀띔하느냐인데.

사실 가만히 있어도 회사와 유넷 측에서 알아서 안내하기는 하겠지만 또 고리에게는 먼저 알려 주고 싶었다.

"스포는 큐앱으로 하면 되기는 하는데, 이번에도 다 같이 할 거야?"

주한 형의 물음에 멤버들은 각자의 눈치를 보며 대답하지 않았다.

어떤 방식이 좋은지 감이 잘 잡히지 않는 모양이었다.

난 잠시 고민하다 말했다.

"다 같이 켜서 한번에 티 나게 스포 하는 것보다 소통도 제대로 할 겸 나눠서 해 보는 것도 좋을 것 같아요."

한 팀은 라이브 방송을, 한 팀은 후속곡을 스포 하는 식으로.

스포도 스포고 혼자서, 혹은 둘이서 큐앱을 진행하면 다 같이 할 때보다 팬들과 집중적으로 소통할 수도 있다.

주한 형은 다른 멤버들을 둘러보았다.

"나눠서 하자는 의견이 나왔는데 다른 의견 있어?"

"나도 나눠서. 다섯이서 하니까 채팅 확인하기도 불편하더라."

"맞아! 나도 그럼 나눠서!"

"저도 좋아요."

"그래. 그럼 어떻게 나눌지 정하자."

우린 붙었을 때 가장 이야깃거리가 많을 조합으로 팀을 나누기로 했다.

그렇다면 역시 룸메이트끼리 나뉘는 게 제일 좋을 테지.

고유준은 이유 없이 하이 파이브를 청하며 내 옆으로 기어왔고 윤찬이도 비어 있는 진성이 옆자리로 향했다.

주한 형은 우리에게 붙을지 막내들에게 붙을지 고민하다 막내 쪽이 훨씬 정리가 안 될 거라며 막내들 팀으로 붙었다.

"순서는 유준이 현우 먼저 하고 그다음에 우리가 할게. 그래도 되겠어?"

"어, 순서 상관없어. 그지, 서현우?"

"응. 먼저 할게."

주한 형이 고개를 끄덕였다.

"큐앱에서 뭘 할 건지는 각자가 정하고 어떤 스포 할지도 정해서 회사에 허락받고."

"응."

휴식 시간을 이용한 잠깐의 회의가 끝났다.

대화가 끝난 듯하자 매니저 형이 잔뜩 들뜬 얼굴로 휴대폰을 든 채 다가왔다.

"얘들아, 쉬는 동안 이것 좀 봐 봐. 너희 공약 영상 반응 장난 아니다!"

"헐, 진짜요? 저 볼래요!"

이진성이 매니저 형에게 달라붙었다.

아무래도 반응이 매우 좋은 모양으로, 연습 재개는 조금 늦어질 듯하다.

Chapter 7.
〈블루 룸 파티〉

고유준과 함께할 큐앱의 콘텐츠는 생각보다 금방 정해졌다.

큐앱을 안 켠 지 한참 되었으니까 그냥 평범히 소통 방송이나 할까 했던 생각은 저쪽 팀이 요리 방송을 한다는 소식을 듣고 말끔히 접었다.

우리가 생각한 방송은 게임 방송.

평소 나와 고유준이 게임을 자주 하는 건 팬들도 잘 알고 있기 때문에 나름 괜찮은 아이디어라고 생각한다.

우리는 이 방송을 위해 무려 작업 중인 주한 형의, 아니 원래 우리의 컴퓨터였지만, 아무튼 그 컴퓨터를 사용하기로 했다.

큐앱 방송 당일.

고유준이 화면 속 연결 버튼을 누르고 굽혔던 허리를 폈다.

"야, 이거 실험 한번 해 봐야 할 거 같은데."

"미리보기로 켜 볼 수 있어. 눌러 볼까?"

"어."

난 큐앱 미리보기 버튼을 눌렀다.

그러자 모니터 내에 컴퓨터 화면과 카메라에 찍힌 우리 얼굴이 동시에 송출되었다.

"됐네. 이거 화면 크기 어떻게 줄여?"

"잠깐만. 아마 옵션에 있을 듯."

고유준은 이것저것 만져 보더니 손쉽게 우리 화면 크기를 줄였다.

"야, 너 컴퓨터 잘 다룬다."

"아까 인터넷 좀 뒤져 봤지."

방송 시작까지 남은 시간은 5분. 우린 카메라 화면이 모니터에 꽉 차도록 설정을 도로 변경하고 의자에 앉았다.

"아, 긴장."

"뭘 긴장. 최대한 편하게 있어야 말도 잘 나올걸. 긴장하면 고리분들도 어색해져."

"악플 보면 어떡해."

"무시해."

태연하게 말하긴 했지만 사실 나도 긴장된다.

큐앱이든 어떤 방송이든 아직 우린 다 같이 방송한 적밖에 없고 그래서 우리가 출연하는 방송 대부분은 주한 형이 도맡아 멘트, 진행 해 주는 편이다.

우리끼리 팬들이랑 별 탈 없이 무려 1시간의 방송을 이끌어 나갈 수 있을지.

"1분 남았다."

우린 얼굴에 긴장을 가득 담은 채로 모니터 구석 시간만 바라보고 있었다.

"시작!"

내 말과 동시에 고유준이 녹화 버튼을 눌렀다.

방송이 시작되었다.

"어…… 좀 기다렸다가 말해야 되나?"

"그렇지 않을까."

우린 뚫어져라 조금씩 올라가는 시청자 수를 보았다.

저녁 8시, 팬들의 하교나 퇴근 시간 등을 고려해 정한 시간이었는데 과연 얼마나 들어올지.

백 명, 삼백 명, 오백 명…….

"안녕하세요."

"안녕하세요!"

"천 명 오시면 시작하…… 아, 천 명 들어왔네."

"그러게. 아직 알람 안 갔을 수도 있으니까 조금만 더 기다려."

시청자 수는 빠르게 올라갔다. 1천 명에서 1,500명, 3천 명.

난 팬들에게 인사하며 기다리다 3천이 넘어간 시점에서 입을 열었다.

"잘 지냈어요, 여러분? 큐앱으로는 오랜만이죠."

-허루ㅜㅜㅜㅜㅠㅠ이게 무슨 일이야ㅜㅜㅜㅜㅜㅜㅜ

-퇴근하고 이제 누웠는데 이런 행운이ㅜㅜㅜㅜㅜㅜㅜㅜㅜㅜㅜㅜㅜㅜㅜㅜㅜㅜㅜㅜㅜㅜㅜㅜㅜㅜㅜㅜㅜㅜㅜㅜ

-오늘은 유준이랑 현우 둘이 하는 거야?

-ㅜㅜㅜㅜ오빠들 지금 어디에요???

"오늘은 유준 씨랑 둘이서 왔어요. 다 같이 말고는 처음이죠?"

"저희는 지금 숙소요. 여긴 주한 형 방. 그 소문의 우중충한 방입니다."

채팅이 빠르게 올라갔다.

-헐 주한이 방에 편한 차림의 최애 둘이라니ㅜㅜㅜㅜㅜㅜ진짜 너무 좋아ㅜㅜㅜㅜ

-뭐하구 있었어요????

-마침 너희가 너무 보고 싶었어ㅜㅜㅜㅜㅜㅜㅜㅜㅜㅜㅜㅜㅜ

-(LOVE 이모티콘)

고유준이 말했다.

"저희는 연습하고 이거 방송 준비하고 있었죠."

"저희가 오늘 오겠다고 마음을 먹었는데 뭘 할까 하다가요."

-아무것도 안하고 얼굴만 보고 있어도 행복할거야 진짜...

-ㅜㅜㅜㅜㅜㅜ아이고 뭘 또 준비르루ㅜㅜㅜㅜ

-진짜...가까이서 보니까 더 잘생겼다...

-ㅇㅇㅇㅇㅇ이렇게 대화만 해도 너무 좋음!!!!!

"아…… 그래요?"

게임보단 대화를 원하는 분위기가 이어졌다.

우리가 콘텐츠를 잘못 정한 건가?

"저희는 오늘 게임 방송하려고 했는데 여러분들이 원하신다면 잠깐 대화를 나눌까요?"

내가 말하자 고유준이 눈치 빠르게 말을 덧붙였다.

"잠깐 대화합시다. 오늘 시간도 많은데."

하긴 보통 이런 방송에서 곧바로 게임하거나 하지는 않을 거다.

안부도 전해야 하고, 잠깐 대화를 나누다 게임 플레이로 들어가겠지.

-다른 멤버들은 뭐해요?

–오빠들 조금만 더 가까이 와주시면 안돼요?ㅜㅜㅜㅜ더 자세히 보고 시퍼요ㅠㅠㅠㅠㅠ

–ㅜㅜㅜㅜㅜㅜㅜㅜㅜㅜㅜㅜ이제 들어왔네 이거 언제 시작했어요?

–요즘 잠은 잘자? 요즘에도 두세시간씩 자고 그래???ㅜㅜㅜ

–ㅜㅜㅜㅜㅜㅜ잘 자야해 진짜ㅜㅜㅜㅜ

–윘님 방금 시작함

우린 의자를 당겨 카메라에 더 가까이 다가갔다.

"저희 요즘 잠…… 음, 제일 바쁠 때보단 잘 자는 것 같아요."

"맞아. 이제 〈퍼레이드〉 활동도 마무리되어 가고 〈크로노스 히스토리〉도 끝났고."

"요즘 연습하는 그것 때문에 좀 바쁘지."

난 슬쩍 말하고 고유준의 눈치를 봤다.

고유준도 멈칫하며 슬쩍 날 바라보더니 어깨를 으쓱였다.

딱 봐도 '뭔가 준비하고 있습니다.', '숨기고 있습니다.' 하고 어색하게 티를 내려는 모습이었다.

그러자 수상한 우리의 모습에 채팅 창도 웅성대기 시작했다.

–??????ㅋㅋㅋㅋㅋ뭐야?뭔데!

–ㅋㅋㅋㅋㅋㅋㅋㅋㅋㅋ딱봐도 숨기는 중

-뭐야????뭐 해????? 크로노스 또 뭐 하는 거야???

-뭔데ㅜㅜ궁금하게 말해줘ㅜㅜㅜㅜㅜ

-둘이 편한 옷입으니까 너무 예쁘다ㅜㅜㅜㅜ사랑스러워...ㅜㅜㅜㅜ

-설마 후속곡 스포??

-사람을 제일 화나게 하는 것은 말을 하려다 마는

-아오!!!!!

채팅 창이 난리가 나자 고유준이 괜히 딴짓을 하며 능글맞게 말했다.

"아니 뭐, 숨기는 게 있는 건 아니고요. 그냥 뭐 연습하고 있는 게 있어요."

난 뿌듯하게 웃으며 의미심장하게 고유준의 어깨를 두드렸다.

"맞아요. 그냥 뭐, 고리 여러분들이 좋아할 만한 그런 거 연습 좀 하고 있어요."

이 정도로 티 나게 말하니 고리분들도 굉장한 희소식이 있을 거라는 걸 알아차린 분위기였다.

우린 채팅 창 상황을 확인하고 빠르게 화제를 돌렸다.

"그런데 학생이신 고리 여러분들은 시험 끝났어요?"

"우리 막내들은 아직 시험 덜 끝나서 지금 공부 중인데."

내 말에 고유준이 꽉 닫힌 문을 힐끔 보며 키득거렸다.

"주한 형이 지금 부엌에서 진성이 영어 가르쳐 주고 있어요. 인터넷에 진성이 성적표 돌아다니는 것 보고 엄청 충격 받아서.”

“20점이면 한 줄로 세운 거잖아, 이 짜식아!”

난 인터넷에서 진성이 성적표를 발견했던 당시 주한 형의 말을 따라 했다.

아마 〈픽위업〉 당시 팬덤 싸움이 심해졌을 때 유출된 것 같은데, 주한 형은 다른 욕보다 성적이 엄청 충격이었던 모양이다.

“크로노스가 영어 20점은 말도 안 된다고, 또 그렇게 받아오면 숙소에서 쫓아낸대요.”

–어쩐지 찔린다....ㅜ

–그런 거 묻는 거 아니얘ㅜㅠㅠㅠㅠㅠㅠㅠㅠ

–망했어요 흑흐구ㅜㅜㅜㅠ

–이십점이면 잘했구만!!!

–ㅋㅋㅋㅋㅋㅋㅋㅋㅋㅋㅋㅋㅋㅋㅋㅋㅋㅋㅋㅋㅋㅋㅋㅋ흑역사가 여기서 꺼내질 줄이얔ㅋㅋㅋㅋ

–전 낼부터 시험이에요!

–윤찬이랑 주한이는 공부 잘하는구나!

–주한이 크로노스의 엄마같아

우린 그 외에도 오늘 뭘 먹었는지, 티엠아이는 무엇이 있는지, 우리 둘 사이의 썰 등을 풀며 대화를 이어 나갔다.

벌써 20분이 지나가고 있었다.

난 대화를 마무리하며 손뼉을 쳤다.

"여러분, 이제 원래의 콘텐츠로 돌아가서, 저희가 게임을 준비했어요. 다 같이 할 수 있을 만한 걸로."

내가 말하자 그에 맞춰 고유준이 모니터 속 카메라 화면 크기를 줄였다.

"이 컴퓨터로 해 보기는 또 처음이네."

고유준이 중얼거렸다.

우리가 자주 하는 게임이라고 여기저기 다니면서 하도 많이 말하고 다녔던 탓에 팬들은 이미 무슨 게임을 할지 눈치 챈 분위기였다.

"에이, 다 아네."

고유준이 게임을 틀었다.

곧 익숙한 오프닝 BGM이 들리고 채팅 창이 'ㅋㅋㅋㅋㅋ'로 가득해졌다.

–어째 낯설지 않은 저 브금ㅋㅋㅋㅋㅋ

–와 나 초딩때 해 보고 한번도 안해봤는뎈ㅋㅋ

–진짜 오랜만이다 저거

그렇다. 우린 물풍선 게임을 켰다. 저 낡은 고물 노트북으로 매일같이 했던 그 게임.

우리가 이거 자주 한다는 말을 하고 오랜만에 물풍선 게임 깔았다던 팬들도 꽤 많았다.

"이게 한번에 여덟 명까지만 입장 가능하잖아요. 남은 시간 동안 계속할 거니까 혹시 컴에 안 깔려 있는 분은 얼른 깔아 주시고~."

고유준이 말하는 동안 난 게임할 방을 만들고 비밀번호를 설정했다.

"비밀번호는 뭐냐 하면 우선 제 생일로."

"참고로 모르실 분들을 위해 말하자면 현우 씨 생일은 10월 29일입니다."

"너 용케도 내 생일 아네. 난 네 생일 모르는데."

"몰라. 어쩌다 외움."

–ㅋㅋㅋㅋㅋㅋㅋ둘이 찐친 말투 나온닼ㅋㅋㅋㅋ

–평소에 이렇게 대화하는구낰ㅋㅋㅋㅋㅋㅋㅋㅋㅋㅋ

–현우 생일 얼마 안남았네?????

–ㅋㅋㅋㅋㅋㅋ윗님 아직 한달 넘게 남았는데욬ㅋㅋㅋㅋ

"자, 이제 방 이름 알려 드릴게요. 선착순 여섯 분! 방 이름은 크롱크롱끄롱방입니다."

방 이름을 말한 지 1초도 채 지나지 않아 풀방이 되었다.

"어억!"

우린 잠시 당황하다 별다른 대화 없이 바로 게임을 스타트했다.

"최대한 많은 분들과 게임하고 싶으니 다음에도 들어오신 분들은 곧바로 레디 버튼 눌러 주세요."

우리와 같은 팀이 된 고리들이 방방 뛰며 호들갑을 떨었다.

게임이고 게임 속 채팅일 뿐인데 그 설렘이 느껴지는 것 같아서 캐릭터를 움직이며 나도 모르게 픽 웃었다.

"왜 웃어?"

"채팅이 귀여워서."

고유준의 물음에 대충 중얼거리며 답하고 주변 블록을 조금씩 없애 가며 아이템을 챙겼다.

고리들은 게임 앞에선 크로노스고 뭐고 신경 쓰지 않는지 자비 없이 나에게 물풍선을 보내왔다.

"어우! 다들 왜 이렇게 잘하셔!"

"야, 우리 지겠는데?"

"아냐, 우리 팀 고리분들도 되게 잘하셔."

"아니, 우리 죽겠는데를 잘못 말함."

아니! 죽는 건 고유준 혼자다. 난 지금 굉장히 잘해 가고 있는 중이란 말이다.

난 있는 대로 물풍선을 깔며 돌아다니고 고유준은 물풍선은 잘 못 까는 대신 물풍선에 갇히는 우리 팀 사람들을 구해 주며 잘 피해 다녔다.

그렇게 상대팀을 차례로 터트리고, 결국 마지막 한 사람마저 물풍선에 갇혔다.

—살려주세요ㅜㅜㅜ조금 더 하고싶어ㅜㅜㅜ

"아이고오…… 어떡해. 죄송합니다."

난 갇힌 채 구명을 비는 고리에게 안타까움을 담아 탄식하고 정중한 사과와 함께 고이 보내 드렸다.

첫 번째 게임이 종료되었다.

방송 종료까지 남은 시간은 약 25분.

"한 세 판 더 할 수 있겠다. 게임 참여하신 고리분들은 다음 판 다른 고리분들께 양보해 주시고요. 공평함을 위해 비밀번호 바꿀게요. 비밀번호는 0930."

"어, 뭐야. 서현우 내 생일 모른다며."

"농담이지. 바보야. 아무튼 빨리! 시작!"

시간 여유가 없다.

두 번째 게임 또한 무난히 진행되었다.

이 게임이야 많은 사람들이 했던 게임이니 관전하는 고리분들도 잘 몰입하시는 것 같고.

그때였다.

똑똑-.

“형, 나 들어가도 돼?”

주한 형에게 잡혀 영어 공부를 하던 진성이가 겨우 휴식 시간을 받은 듯 핼쑥해진 모습으로 고개를 빼꼼 내밀었다.

진성이는 공부하느라 조용한 거실과는 달리 이 방은 시끌시끌하니 내심 같이 놀고 싶었던 모양이다.

“시험공부는?”

“아, 형! 방금 끝났거든! 30분 쉬게 해 준댔어, 주한 형이.”

진성이는 자연스레 의자 팔걸이 위에 걸터앉았다.

“뭐야, 물풍선 게임? 그래서 시끄러웠구나.”

—ㅋㅋㅋㅋㅋㅋㅋㅋㅋㅋㅋㅋㅋ성적 보장 크로노슼ㅋㅋㅋㅋㅋㅋㅋ

—진성이 형들한테 반말해? 예전엔 존댓말하지 않았던가?

—ㅇㅇㅇㅇ언제부터 말놓기로 했얶ㅋㅋㅋㅋㅋㅋㅋㅋㅋㅋㅋ

—진성이 안녕!!!!!!!!!!!

—진성아 시험 잘쳤어???나는 망쳤어ㅜㅜㅜㅜㅜ

“아, 시험 이야기는 하지 마요, 고리 여러분. 저희 이제 다 말 놓기로 했어요. 그치?”

“네, 주한 형이 먼저 제안해서.”

아직 〈크로노스 히스토리〉 마지막 회 차가 반영되지 않은 상태라서 줄곧 존댓말 하는 모습만 보던 고리들은 이 대화가 익숙하지 않을 거다.

“근데 윤찬이는 말 못 놓더라.”

고유준이 기지개를 펴며 말했다.

“맞아. 윤찬이 형은 다른 형들이 편하게 하라고 해도 못 놓더라고. 윤찬이 형답기도 하고.”

“근데 진성이 너도 주한 형한테는 말 못 놓잖아.”

그때 다시 한번 방문이 열리고 이번엔 주한 형이 안으로 들어왔다.

“진성이 어디로 도망갔나 했네. 너희 내 이야기 중이었어?”

“아, 혀엉…… 저 벌써 데리러 온 건 아니죠? 아직 30분 안 됐어요.”

멤버들의 연이은 등장에 채팅 창 열기가 들끓었다.

평소보다 후줄근한 차림새로 편한 대화라니.

아직 신인인 아이돌에게선 자주 볼 수 없는 희귀한 모습일 테니까.

“주한 형은 여기 왜 들어왔어?”

“너희 방송하는데 음료수라도 가져다줄까 물어보려고 했지. 근데 내 이야기 중이더라고.”

“아, 진성이가 형한테는 말 못 놓는다는 이야기.”

“아.”

주한 형이 피식 웃으며 진성이의 등을 툭툭 쓸었다.

"그러게. 놓으라고 해도 못 놓더라고. 그에 반해 놓으라고 하자마자 신나서 놓은 친구도 여기 있어요."

주한 형이 비죽이며 고유준의 어깨에 손을 올렸다.

갑자기 펜션에서의 일이 생각나 나도 모르게 웃음이 터졌다.

"고유준은 주한 형이 말 놓으라고 하자마자 '주한아!' 했어요."

-ㅋㅋㅋㅋㅋㅋㅋㅋㅋㅋㅋㅋㅋㅋㅋㅋㅋㅋㅋㅋㅋ주한앜ㅋㅋㅋㅋㅋㅋㅋㅋㅋㅋㅋㅋㅋㅋㅋㅋ

-ㅋㅋㅋㅋㅋㅋㅋㅋㅋㅋㅋ기회를 놓치지 않는편ㅋㅋㅋㅋㅋㅋㅋㅋㅋㅋㅋ

-아이고 유준앜ㅋㅋㅋㅋㅋㅋ

고유준도 그때가 떠올랐다며 낄낄거렸고 주한 형은 고유준을 한심하게 쳐다보며 말했다.

"그 장면이 아마 〈크로노스 히스토리〉에 들어갔을 테니 꼭 시청 부탁드립니다."

"워어- 역시 형 대단쓰. 여기서까지 홍보를 하다니."

"허허."

주한 형은 가볍게 웃으며 걸터앉았던 팔걸이에서 일어났다.

"아무튼, 음료수 가져다줘?"

"아니, 괜찮아."

나는 화면 속 큐앱 라이브 시간을 확인했다. 이제 약 10분 정도의 시간밖에 남지 않았다.

"곧 끝낼 시간이라서."

"아, 그래? 알겠어. 그럼 진성이는 형들 방해하지 말고 나랑 나가자. 착하지?"

"아, 형! 저 아직 덜 쉬었다니까요!"

"쓰읍! 지금 윤찬이 좀 본받아라! 어? 윤찬이는 아직도 방에서 공부 중이야."

주한 형이 진성이를 일으켜 세웠다. 진성이는 울상이 되어 카메라를 바라보았다.

"아아! 윤찬이 형이 방에서 공부하는지 자는지 어케 알아요!"

"윤찬이는 공부를 하든 자든 상관없어. 1등이니까. 소란 떨지 말고 애들 마무리하게 얼른 나와."

우린 끌려 나가는 진성이에게 손을 흔들어 주고 다시 화면을 바라보았다.

한참 우리끼리 별거 없는 대화를 나눴던 터라 고리들 반응을 걱정했는데 오히려 반응이 좋다?

자연스럽게 나눈 대화를 오히려 좋아하는 듯 보였다.

–크로노스 현실 대화 엿본 것 같아서 기분 좋닼ㅋㅋㅋㅋㅋㅋㅋㅋㅋ

ㅋㅋㅋㅋㅋㅋㅋㅋㅋㅋ

–진성이 천상막내ㅋㅋㅋㅋㅋㅋㅋㅋㅋㅋㅋㅋㅋ

–그 와중에 윤찬이 1등 ㄷㄷ

–오빠들 시험 잘 치라고 말해 주시면 안돼요?

–아아...나도 큐앱 끝나면 공부해야 하겠지

“에이, 게임 좀 더 하려고 했는데 시간이 다 돼서 이제 안 되겠어요.”

“여러분, 자주 못 와서 죄송해요. 이제 틈틈이 자주 올 테니까.”

슬슬 라이브를 마무리해야 하는 시간.

–ㅜㅜㅜㅜㅜㅜ가지마ㅜㅜㅜㅜ

–그럼 라이브 끄고 게임은 계속하자. 비밀번호는 우리가 알아서 알아낼게ㅜㅜㅜㅜㅜㅜㅜㅜㅜㅜㅜ

–ㅜㅜㅜㅜㅜㅜㅜㅜㅜ잘가....그래도 쉬어야 하니까.....

–자주 찾아와주라...

아쉬워하는 팬들에게 한참이나 인사를 하고 조금 더 대화를 나누다 라이브를 끝냈다.

스포를 목적으로 시작한 큐앱이었지만 소통도 하고 게임도 하고 직접적으로 팬들과 가까워지는 기분이라 재밌었다.

우린 주한 형의 방에서 나와, 울면서 다시 공부를 시작한 진성이의 곁에 앉았다.

"막내 팀 라이브는 언제 할 거야? 내일?"

내 물음에 진성이 대신 주한 형이 대답했다.

"내일은 〈음악세상〉 마지막 무대 스케줄 있어서 못 할 것 같고, 내일모레."

"아아, 와, 벌써 마지막 무대."

정말 시간은 빨리도 흐른다. 데뷔 쇼케이스를 열고 〈퍼레이드〉를 선보인 것이 불과 한 달 반 전인데 벌써 마무리하게 되다니.

그래도 끝나기 전에 원하는 만큼 화제를 모으고 1위는 할 수 있어서 다행이다.

"아무튼 그렇고, 벌써 10시야. 일찍 잘 수 있을 때 자. 내일부터 마지막 활동 돌아야 하는데 컨디션 관리 확실히 해야지."

우린 주한 형에게 떠밀려 일찍이 방으로 들어갔다.

평소 연습 때문에 새벽쯤 되어야 겨우 잠이 들었던 터라 일찍 누워 봤자라고 생각했는데 예상외로 금방 눈꺼풀이 감겼다.

"아, 오늘 뭔가……."

〈음악세상〉 출연진 대기실.

푹 잔 덕분에 컨디션이 최상이었다. 상체부터 허벅지까지 칭칭 감고 있는 하네스인지 뭔지가 좀 거슬리기는 했지만 수면 부족이었던 평소보다는 평온한 상태를 유지하고 있는 중이었다.

그런데 그런 나와는 다르게 진성이는 계속해서 안무를 춰 보고 인상 쓰기를 반복하고 있었다.

처음에는 원래도 습관적으로 춤추기를 좋아하는 놈이니 그러려니 했지만 갈수록 이진성의 행동이 거슬리기 시작했다.

"진성이 왜? 뭐가 마음에 안 들길래 같은 부분을 반복해?"

"으음……. 아, 진짜!"

이진성은 결국 성질을 내며 내 옆에 앉았다.

"오늘따라 몸이 무거워. 공부해서 그러나? 아까 스트레칭 제대로 했는데."

"어디 아픈 건 아니고?"

이진성이 고개를 저었다.

"전혀 아니야. 살 쪘나."

이진성이 아까부터 반복하고 있는 부분은 연습할 때도 잦은 실수가 있었던 발 구르기 안무 부분.

연습할 때는 요즘도 몇 번 멈추거나 넘어지기도 하지만 매번 음방에서는 이 악물고 완벽히 소화해 냈다.

그런데 오늘따라 그 부분의 버벅거림이 심한 모양이었다.

"역시 하루도 쉬면 안 됐어."

이진성이 분함에 이를 갈았다.

최근 〈크로노스 히스토리〉 라이브 공연 준비로 정말 연습 일정이 심각한 상황이었어서 멤버들 컨디션 조절도 할 겸 딱 하루 숙소에서 휴식을 취했다.

이진성은 휴일에도 연습실로 향하는 편이지만 딱 하루, 어제는 시험공부 때문에 꼼짝없이 숙소에 박혀 있어야만 했다.

하루 연습하지 못했다고 금방 발 구르기 동작이 되지 않는 모양이었다.

춤동작에 꽤 힘을 빼고 유연히 움직이는 나와는 달리 이진성은 모든 동작에 힘이 들어가 있다.

그게 진성이 춤의 특징이지만, 한 동작 한 동작에 힘을 실어 내다 보니 다리를 빨리 움직여야 하는 부분에서 속도가 느려지거나 넘어져 버리는 경우가 잦은 편이었다.

"그래도 너 무대 올라가면 괜찮지 않겠어? 매번 성공하잖아."

"근데 그런 날 있잖아, 형. 오늘따라 잘 안 되는데? 하는 날. 오늘 딱 그런 날인 거 같은데. 진짜 큰일 났다."

오늘따라 유난히 불안해하는 이진성을 위해 잠깐 동작을 봐줄까 하던 차, 방송 스태프가 들어와 곧 무대가 시작됨을 알렸다.

결국 이진성은 무대에 오르기 전까지 발 구르기 안무를 제대로 맞춰 보지 못했다.

그리고 시작된 무대.

팬들이 그렇게나 원했다던 가죽끈을 매고 있어서 그런가. 마지막 무대라서?

팬들의 환호가 평소보다 컸다.

응원이 크면 힘이 나는 법, 최상의 컨디션으로 라이브를 이어 나갔다.

그리고 시작된 댄스 브레이크.

문득 불안해하던 이진성이 걱정되기는 했지만 언제나처럼, 이진성은 적어도 무대에서 절대 실수하지 않을 거라고 믿고 내 분의 안무를 이어 나갔다.

그랬는데.

"아!"

"어? 어!"

놀란 내 목소리가 마이크를 통해 울려 퍼졌다.

이진성이 그토록 불안해하던 것엔 이유가 있었던 것이다.

이진성이 발 구르기 안무를 소화하지 못하고 넘어졌다.

난 멈칫, 이진성을 잠시 바라보았지만 곧 내 안무를 이어 나갔다.

무대에서는 처음이라도 이진성이 이 부분에서 넘어진 건 처음이 아니다.

잠시 넘어져 있다가도 금방 일어나 안무를 맞추던 녀석이었기에 곧 일어나 대형으로 돌아갈 것으로 생각했다.

하지만 그 생각 또한 잘못되었다.

이진성은 내가 댄서에게서 지팡이를 건네받을 때까지 일어나지 못했다.

내가 당황하며 뒤늦게 이진성을 일으켜 세워 보려 했으나 이진성은 인상을 팍 찌푸린 채 도통 몸을 일으키지 못했다.

어떻게 해야 하지?

이런 상황은 처음 겪어 봐서 잠깐 생각이 멈춘 것 같았다.

일단 진성이가 털고 일어나지 못할 정도로 심하게 넘어진 것 같고, 이건 생방송이고, 라이브는 계속 이어 나가고는 있는데…….

노래를 부르며 무대 뒤를 바라보자 스태프들이 올라와 진성이를 데리고 내려갔다.

생방송이기에 그 와중에도 곡은 계속 흘러나오고 있었다. 갑작스러운 사고에도 불구하고 무대는 계속 이어 가야만 하는 상황.

우린 서로 시선을 교환하며 진성이의 파트는 눈치껏 전 파트를 불렀던 멤버가 이어 부르고 안무는 자리를 비워 둔 채로 이어 가는 등 나름의 최선을 다해 완곡했다.

……그렇게 아쉬움 가득히 우리의 마지막 무대가 마무리되었다.

정말, 절대 좋다고 할 수 없는 마지막 무대.

"죄송합니다! 감사합니다."

우린 놀라서 웅성대는 팬들에게 인사하고 다급히 무대 뒤로 향했다.

"진성이 괜찮아?"

지금 무대를 망치고 생방송이 어떻고 생각할 때가 아니었다.

애가 다시 일어나지도 못할 정도로 넘어졌는데 상황이 무슨 상관이야.

"인현 형, 진성이 어디 있어? 대기실?"

"어, 대기실에 옮겨 뒀어. 많이 아픈 것 같던데."

"병원을 가야지 대기실에 옮겨 두면 어떡해?"

주한 형이 인상을 쓰며 소리쳤다.

우리가 우르르 달려가 대기실 문을 열자 진성이는 발목에 스프레이 파스를 뿌리며 눈물을 뚝뚝 흘리고 있었다.

"야, 너! 괜찮냐?"

우린 우르르 이진성에게 몰려가 녀석을 달랬다.

이진성은 말없이 훌쩍이며 고개를 저었다.

발목은 딱 보기에도 퉁퉁 부어 있었다.

"오늘따라아…… 흐읍, 아, 안무가 잘 안 된, 끄읍, 다고……."

생각했는데 역시나 실패하고 너무 아파 죽겠다는 말이었다.

매니저 형은 걱정스레 진성이를 바라보며 말했다.

"진성이 데리고 병원 다녀올게. 너희는 1위 후보니까 마지막까지 마무리하고. 팬들도 놀랐을 테니까 괜찮다고 안심시키고."

"네……."

진성이는 매니저 형의 등에 업혀 병원으로 향했다.

기쁨 속에 끝났어야 할 우리들의 마지막 무대.

진성이가 나간 후의 대기실엔 침울한 정적만이 가득했다.

우린 일부러 생방송 반응들을 확인하지 않았다. 1위 후보로 다시 무대에 올랐을 때 침착하게 진성이의 상태가 괜찮다고 말해야 했다.

"진성이 발목의 인대 늘어났대. 뼈에 이상은 없다고 하네."

매니저 형과 통화하고 온 주한 형이 말했다.

"어우, 놀라라. 어디 부러지고 그런 거 아닌가 식겁했어. 진성이는 웬만큼 아프지 않고서야 일어나서 계속 춤 출 녀석인데."

고유준이 말했다.

아무튼 많이 다치지 않은 건 정말 다행이었다.

외적으로는 YMM에서 진성이의 상태에 이상이 없다, 혹은 인대가 늘어났다 정도로 보도할 것이고 넘어져 생긴 해프닝이라 잠깐 이슈가 되고 금방 사그라들 거다.

그런데 조금 냉정하게 말하자면 문제는 지금이 아니다.

"방송 끝나고 YMM 대회의실로. 곧 있을 라이브 방송, 진성이 부상으로 어떻게 수정할지 회의한대."

상당한 비중을 맡고 있는 크로노스의 메인 댄서가 부상으로 무대에 설 수 없게 되었다.

이전부터 진성이 춤 스타일에 무대에서 실수한 적 없는 게 용할 정도로 아슬아슬하게 버티긴 했지만…….

진성이가 무대에 설 수 없다면 지금껏 준비했던 무대들도 그에 맞춰 재구성을 해야만 했다.

이제 라이브 방송까지 일주일도 안 남은 시간. 그 많던 커버곡을 이제야 제대로 익힌 차였는데.

명치가 콱 틀어막혀 숨이 안 쉬어지는 느낌이다.

대기실엔 침울한 정적만이 맴돌았다.

똑똑-.

"실례합니다. 무대로 올라가셔야 하는데 괜찮으세요?"

벌써 〈음악세상〉의 모든 무대가 끝난 모양이었다.

진성이의 부상도 있던 차라 무대 스태프가 조심스레 물었다.

우린 애써 표정을 풀고 대답했다.

"네!"

다시 무대에 오른 우린 저번 주에 이어 또 한 번 1위를 거

머쥘 수 있었다.

강력한 라이벌이었던 스트릿센터가 활동을 종료하기도 했고 댄스 챌린지의 여파가 점점 거세지고 있어, 건방지게 말해 당연한 결과였다.

"크로노스, 1위 축하드립니다! 소감 한마디 부탁드립니다!"

주한 형이 마이크를 넘겨받았다.

"어…… 네, 우선 1위 너무 감사드립니다. 오늘 저희가 〈퍼레이드〉 마지막 무대였는데요. 마지막을 이렇게 좋은 결과로 마무리할 수 있어서 너무 기쁩니다. 저희 고리 여러분들께 이 영광 돌리고 싶고요. 그리고 우리 멤버 진성이의 상태에 대해 말씀드리자면……."

"꺄아아아악!"

"이진성! 이진성! 이진성! 이진성!"

주한 형의 입에서 진성이의 이름이 나오자 팬들이 울먹이며 응원과 위로의 함성을 보내 주었다.

비단 우리 팬들뿐만 아니라 다른 가수를 보기 위해 온 이들까지 우리에게 괜찮다는 위로를 보냈다.

주한 형은 씁쓸히 웃으며 말을 이었다.

"병원에서 치료를 받는 중이고 괜찮다고 하니 너무 걱정하지 않으셨으면 좋겠고요. 곧 다시 더 좋은 곡으로 찾아뵙도록 하겠습니다. 감사합니다!"

MC들이 진행을 마무리하고 곧 앙코르를 위해 〈퍼레이드〉

가 흘러나왔다.

멤버 한 명의 자리가 비었다고 텅 빈 것 같은 무대 위. 우린 애써 씁쓸함을 지우고 놀랐을 팬들을 위해 노래 불렀다.

진성이 파트는 따로 정하지 않아도 멤버 모두가 함께 불렀다. 그러자 우리 팬들과 타 팬들도 함께 진성이 파트를 불러주었다.

"정말 감사합니다! 앞으로도 열심히 하겠습니다!"

우린 관객들에게 허리 숙여 인사하고 무대 아래로 내려왔다.

마지막이라고 짧게 잡아 두었던 방송국 앞 미니 팬 미팅은 진성이의 상태를 걱정하는 분위기를 고려해 취소되었다.

"진짜 너무 미안해. 진짜로."

진성이는 이미 많이 울었는지 퉁퉁 부어오른 눈으로 우릴 바라보았다.

사실 우리보다도 제일 분할 사람이 이진성이니까 우리는 그저 괜찮다며 진성이를 다독였다.

"원래부터 좀 버겁던 안무이긴 했어. 지금까지 잘해 왔는데 진성이 아쉬워서 어떡해."

윤찬이가 말했다.

"맞아. 짜식아, 뭐 얼마나 울면 눈탱이가 밤탱이가 됐어?"

고유준이 털털하게 웃으며 진성이의 코를 꼬집었다.

"뭐 어떻게 울면 앞머리까지 푹 젖었냐? 참, 나."

난 다시 울먹이는 진성이의 앞머리를 뒤로 넘겨주며 말했다.

"혀엉……. 근데 라이브 방송은 어떻게 해요…… 끄윽……."

주한 형은 괜찮다는 듯 미소와 함께 고개를 끄덕였다.

"어차피 너도 노래는 부를 거고, 진성이가 빠지면 무대가 많이 비어 보이긴 하겠지만 우리가 어떻게든 해 볼게. 괜찮아."

우린 언제나 그랬듯 위기를 잘 이겨 낼 수 있을 거니까.

YMM의 대회의실.

살벌하기까지 한 분위기에 멤버들은 눈치만 보며 잔뜩 움츠러들었다.

"이것 참……. 라이브 방송이 일주일도 안 남았는데 너희."

김 실장님이 진성이를 다그치듯 말했다. 그러자 가만히 있던 주한 형이 인상을 찌푸렸다.

"우리 잘못은 아닌 것 같습니다, 실장님. 보통 넘어지는 건 외부 요인 때문이죠."

"……하아, 내가 너희 탓하려고 하는 건 아니고."

"하하, 실장님. 그만하시고 라이브 무대 어떻게 할지부터 생각해 봅시다."

성 과장님이 김 실장님을 달래며 말했다.

지금 누구 원망할 때인가. 비록 부상을 당하긴 했지만 그래도 완벽히 무대를 완성시키기 위해 이렇게 모인 것인데.

“일단 진성이 노래는 부를 건데 이 친구가 메인 댄서라.”

“크로노스가 댄스 파트도 많고 멤버 각자 안무가 다 달라서 빈자리 채우기가 쉽지 않을 거예요.”

“현우랑 페어 댄스인 경우가 많아서 진성이 댄스 파트를 현우에게 돌리는 것도 안 되고.”

메인 댄서의 대체를 두고 이것저것 걱정과 의견이 오갔다.

이진성은 원래 춤을 추던 애라 난이도 높은 동작을 죄다 몰빵한 게 이런 문제를 가져올 줄이야.

“음…….”

성 과장님이 볼펜을 툭툭 다이어리에 찍으며 한참 고민하다 이내 고개를 끄덕였다.

“좋아. 유준이.”

“네?”

“현우랑 페어 댄스는 네가 맡는 것으로 하고. 어차피 관객 없는 라이브 공연이야. 진성이 파트에선 진성이한테로 카메라가 넘어갈 거니까 그 부분은 굳이 누군가로 대체할 필요는 없겠지.”

성 과장의 결정에 반대하는 사람은 없었다.

“어…… 네, 뭐.”

고유준 또한 상당히 부담스러운 눈치이긴 했으나 어쩔 수 없다는 듯 고개를 끄덕였다.

우린 이미 얼마 전 파트 바꾸기를 하며 진성이의 파트를 다른 멤버가 맡으면 어떻게 되는지 알고 있지 않은가.

주한 형은 고장 날 것이고, 일단 체력이 빨리 닳는 편이라 댄스 파트를 하고 금방 지칠지도 모른다.

윤찬이는 아직 발전하는 단계라 무턱대고 진성이 파트 맡기기에는 무리가 있고.

그렇다면 노래를 너무 잘 불러서 춤 실력이 묻히는 감은 있지만 그렇다고 춤을 못 추는 건 절대 아닌, 은근한 먼치킨 고유준에게 맡기는 게 제일 안전한 선택이다.

김 과장은 한숨을 쉬었다.

"어쨌든 이렇게 되었으니까, 유준이는 다치지 않도록 조심하고 난이도가 높아서 다치겠다 싶으면 현우랑 상의해서 그 부분 안무 좀 수정하거나 해."

"네."

거의 다 준비되었던 세트리스트 안무를 모두 수정해야 했으니 시간은 빠듯하다 못해 부족할 지경이었다.

그렇기에 회의는 빠르게 마무리되었다.

다친 진성이는 멤버들이 쉬라고 쉬라고 극성을 떨어 숙소

로 향했다.

회의를 마친 우리는 안무가 선생님과 함께 동선, 댄스 등을 조율하는 데 총력을 기울였다.

특히 고유준은 처음으로 메인 댄스 브레이크를 맡아 나와 따로 남아 지칠 때까지 연습을 이어 나갔다.

페어 댄스를 제외하고 동선상 고유준이 출 수 없는 부분은 키워드 경연으로 한번 나와 합을 맞춰 본 적 있던 박윤찬이 맡기로 했다.

박윤찬은 안무가 선생님의 속성 특훈.

고유준과 나는 하드한 페어 댄스로.

주한 형은 연습과 후속곡 마무리를.

진성이는 기가 잔뜩 죽어선 미안해했지만 부담도 분배가 되니 그나마 중간에 포기하지 않을 수 있었다.

진성이가 부상을 당한 후 이튿날 새벽.

"후속곡 제목 정했어. 〈블루 룸 파티〉."

연습실에서 숙소로 돌아가는 길, 주한 형이 대뜸 말했다.

"〈블루 룸 파티〉? 느낌은 좋은데 의미가 뭐예요?"

"시원하고 즐겁고 흥청망청한 느낌을 최대한 살린 제목. 타겟을 이십 대로 정해서 최대한 트렌디하게 지어 보려 노력해 봤어."

그렇구나. 대충 입에서 나오는 대로 말하는 걸 보니 별 의미는 없는 모양이다.

멤버들 모두 제목에 대해 이리저리 떠들어 대는데 가장 시끄러워야 할 이진성이 조용했다.

이진성은 기운이 없었다. 오늘 연습 내내 가만히 앉아서 노래만 부르고 있었으니 어떤 기분일지는 짐작하겠다마는.

이건 진성이의 다리가 괜찮아질 때까진 계속될 감정이라.

“현우 형.”

“……어?”

“부탁할 게 있는데 혹시 지금 많이 피곤해?”

“어…… 뭐, 버틸 만해.”

진성이의 표정이 매우 비장했다.

“하루에 10분씩만 나 보컬 좀 봐줄 수 있어?”

보컬? 갑자기?

이진성은 메인 댄서로서 충분한 실력과 인기를 얻고 있기에 상대적으로 보컬에 소홀했던 녀석이다.

내가 당황스러운 기색을 보이자 진성이는 다시 시무룩해졌다.

“다 나 때문인데 혼자 아무것도 안 하고 있을 수 없어. 노래라도 제대로 완벽하게 부르자 싶어서…….”

“아.”

지금의 진성이에게는 다행이라면 다행인 게, 세트리스트 중 커버곡이 많아 평소에 시도해 보지 않았던 보컬을 시도해 볼 수 있다는 거다.

평소 진성이의 보컬이 불안정해도 메인 댄서니까, 하며 유하게 넘어갔던 것과는 달리 이번엔 온전히 보컬에만 신경 써야 하는 상황.

자신을 댄서라고 생각하던 진성이가 이제야 진지하게 노래를 불러 볼 마음이 생긴 모양이었다.

찌잉-.

우리 막내가…….

난 어쩐지 가슴 한편이 복받쳐 올랐다.

해서 흐뭇하게 웃으며 고개를 끄덕였다.

"좋아. 우선 커버곡부터 해 보자."

내 멤버의 성장이라면 언제든.

우리가 라이브 공연을 준비한 지도 벌써 한 달이 다 되어간다.

나와 고유준이 큐앱을 통해 무언가 준비하고 있다는 사실을 스포 하고, 진성이의 부상으로 비상이 걸려 미뤄졌던 나머지 세 사람의 큐앱 방송은 그로부터 사흘이 지나고서야 재개될 수 있었다.

주한 형과 막내들은 큐앱을 켜 이진성의 안부와 후속곡의 제목을 스포 했다.

팬들이 나와 고유준이 스포 한 그 무언가도 후속곡의 준비였을 것이라 생각하던 차 드디어 유닛 공식 홈페이지에 〈크로노스 히스토리〉 라이브 공연 공지와 세트리스트가 떴다.

그동안 크로노스 버전으로 보고 싶었던 유닛 무대가 포함된 〈픽위업〉 메들리와 커버곡들. 활동이 끝나 한동안 보기 힘들 것으로 생각했던 〈퍼레이드〉.

그중 가장 팬들의 관심을 많이 받은 곡은 단연 주한 형의 자작곡인 〈블루 룸 파티〉였다.

강주한 작곡.

고유준 작사.

서현우 안무.

멤버들이 작업한 곡이 크로노스의 후속곡이다?

그럼 팬들은 당연히 기대할 수밖에 없는 것이다.

우린 고리들의 기대를 몸소 느끼며 모든 일정을 비워 둔 채 연습에 몰두했다.

그리고 오늘.

"뭐가 이렇게 넓냐."

고유준이 무대를 둘러보며 헛웃음 쳤다.

약 4주간의 준비.

드디어 징하게도 오래 준비한 무대를 팬들과 시청자들에게 보여 주는 라이브 방송 당일이 되었다.

관객석이 없어진 만큼 무대는 배로 넓어졌다.

넓이야 감안하고 연습하기는 했지만 우릴 위해 지어진 세트장을 보니 그야말로 입이 떡 벌어질 수밖에.

"진성이 다리만 괜찮았어도 날아다녔을 텐데."

"그러게 말이다. 너랑 보컬 연습 열심히 하던데 아직도 시무룩한 게, 애가 말수가 많이 줄었어."

"춤으로 날아다니던 애가 보컬 연습으로 만족하겠냐? 것보다 멤버들한테 미안해서 저러는 거야."

뭐, 미안한 만큼 보컬, 랩 실력은 월등히 늘긴 했다.

나와 고유준의 대화에 주한 형이 다가와 다짜고짜 한숨을 쉬었다. 그러자 고유준이 씨익 웃으며 장난스레 말했다.

"왜, 주한아."

"너 자꾸 이름 부르지, 어? 난 지금, 어? 심각하다고. 재공연할 때도 저 표정일까 봐."

몇 번을 혼나도 금방 괜찮아져서 형들에게 달라붙던 진성이가 웃는 모습을 무려 며칠간 못 봤다.

"근데 어쩔 수 없어요."

난 체념하듯 말했다.

"무대 구석에서 노래 부르면 되게 소외감 들걸요."

일단 열심히 준비했던 무대가 자신으로 인해 수정된 것도 그렇고, 아무리 구석에서 가만히 앉아 노래 불러 봐야 춤추고 노래 부르며 이리저리 움직이는 멤버들을 가만히 바라보고만 있으면 굉장히 외로운 기분일 거다.

"아니면 아예 가운데에 두고 노래 부르든가."

고유준이 말했다.

"진성이 앉아 있는 의자를 가운데에 두고 부르면 되는 거 아닌가……? 오오."

고유준이 표정도 없이 막 뱉은 한마디에 나도 주한 형도, 심지어 말한 당사자 고유준도 감탄사를 내뱉었다.

"좋은데? 윤찬이 어디 있어?"

주한 형은 윤찬이를 데려와 속닥거렸다.

"서프라이즈 하자, 우리."

우린 기죽은 진성이를 위해 즉석에서 간단한 서프라이즈를 준비했다.

매니저 형과 PD님께 제안하니 PD님은 활짝 웃으며 대찬성해 주셨고 매니저 형은 또 쓸데없이 흐르는 눈물을 닦았다.

"자아, 크로노스 이제 들어가세요."

우린 댄서들과 함께 세트장 안으로 들어갔다. 이진성은 옆에 마련된 의자에 앉았고, 다른 멤버들은 마음을 가라앉히고 〈달바다〉 무대 준비를 했다.

"어우, 바지. 앉기도 힘드네."

고유준이 투덜대며 무릎을 꿇고 자세를 취했다.

딱 붙는 가죽 바지에 셔츠, 또 둘러맨 하네스.

마지막 음방 때 팬들이 충분히 즐기지 못했을 거라고, 스타일리스트 누나가 더 과감하게 바꿔 입힌 의상이다.

"생방송이니만큼 원테이크입니다. 30분간 집중해 주세요. 곡 바뀔 때 세트장 빠르게 바꾸고, 의상 교체도 실수 없이 해 주세요. 리허설대로만 해 주시면 됩니다."

조명이 어둡게 깔리고 바닥에 안개가 들어찼다.

이렇게 긴 호흡의 공연은 처음이다.

긴장되긴 하지만 정말 열심히 연습했으니 그 어느 때보다 자신감은 만만했다.

"삼! 이! 일! 큐!"

아무런 진행도, 멘트도 없이 처음부터 〈달바다〉의 전주가 흘러나왔다.

실루엣만 겨우 보일 정도로 어둑했던 조명이 조금씩 밝기를 되찾고, 컴컴한 세트장 안에서 고유준이 앞으로 걸어 나갔다.

……하아-

순식간에 이곳의 공기가 무거워졌다. 고유준이 카메라와 기 싸움을 벌이며 랩을 시작했다.

그동안 댄서들이 뒤로 향하고 난 당시 소품이었던 침대 대신 바닥에 드러누웠다.

그러곤 천장에 매달린 카메라를 바라보며 입을 열었다.

검은 바다

첫 소절을 부르며 상체를 일으켜 정면을 보았다.

내가 노래를 부르는 동안 멤버들은 댄서와 함께 카메라 반대편에서 군무를 준비했다.

관객 없이, 이렇게나 넓게 공간을 쓸 수 있다는 것은 우리가 무대를 표현할 방법도 많아진다는 거다.

물속에 너를 버려

난 마지막 소절을 부르고 눈을 내리깔았다. 그와 동시에 카메라가 반대편으로 돌아가며 대기하고 있던 멤버들의 군무가 시작되었다.

나와 이진성 없이 셋으로만 이루어지는 군무.

그간의 연습이 헛되지 않았다.

센터에 선 고유준도 그 뒤에 선 윤찬이나 주한 형도, 감동적일 정도로 정말 잘 해내었다.

그렇게 셋이서 〈달바다〉의 1절 군무를 훌륭하게 해냈을 때, 어둑했던 조명이 푸른색으로 변하며 곡이 바뀌었다.

웅장하고 차가우면서 엄중한 전주.

카메라가 이 곡의 주인공이었던 박윤찬을 클로즈업하는 사이 댄서들이 앵글에 잡히지 않도록 조심하며 우르르 내 뒤로 들어와 섰다.

두 번째 곡 〈나에겐 밤이 없다〉.

무엇을 말하나

박윤찬이 첫 소절을 부르자마자 카메라가 뒤로 빠지고 나를 찍고 있던 또 다른 카메라 VJ가 신호를 보냈다.

난 그에 맞춰 입을 열었다.

묵묵히 밤을 지새워

그와 동시에 댄서들과 안무를 이어 나갔다.

나와 박윤찬이 번갈아 가며 화면을 채우는 동안 다른 멤버들은 잠시 세트장에서 빠져 숨을 골랐다.

뒤에선 커다란 깃발이 휘날리고 박윤찬이 내가 있는 곳으로 넘어와 함께 곡을 소화하며 1절을 마무리했을 때, 푸른색이던 조명이 붉게 바뀌고 총성이 울렸다.

나와 박윤찬, 그리고 함께 추던 댄서들이 자세를 낮춰 화면 아래로 완벽히 숨었다. 그러자 카메라는 180도 돌아가 고유준과 주한 형, 삐거덕거리는 댄서들을 담았다.

내가 속한 D 팀의 유닛곡이었던 〈니드〉.

고유준이 메인, 주한 형이 한 걸음 뒤에서 좀비를 묘사한 퍼포먼스를 이어 나가고, 옆에서 따로 카메라를 받은 이진성이 예전 김진욱이 담당했던 랩 파트를 불렀다.

그룹에 더는 민폐를 끼치고 싶지 않다며 죽어라 연습하더니 꽤 빠른 비트의 랩인데도 불구하고 잘 소화해 냈다.

그들이 D 팀 없는 D 팀 유닛곡 〈니드〉를 부르고 있을 때 스타일리스트 누나들이 후다닥 달려 나와 박윤찬에게 동물 잠옷을 입혔다.

"……하아."

동물 잠옷에 동물 귀 머리띠.

방금 전까지 우리 되게 멋진 거 했는데 한 명은 토끼, 나는 고양이가 되었다.

"형, 제가 이거 안 어색하게 부르는 법 알았는데요."

박윤찬이 작게 속삭였다.

"뭔데?"

"본인 음역대에서 한 세 키 올리면 그냥 작정하고 웃기는 사람 같아서 덜 오그라들어요."

"……아, 그래."

이제 뭐, 몰라.

상관없어, 뭐든.

난 스타일리스트 누나에게서 이상한 돼지 인형까지 건네

받고 섰다.

곧 조명이 밝아지고 결국 〈멍멍냥냥〉의 전주가 울려 퍼졌다.

아포칼립스 분위기가 큐티로 바뀌는 건 순식간이었다.

난 무념무상한 채 엉덩이를 흔들었다. 엉덩이쯤에 달린 꼬리가 좌우로 흔들리는 게 느껴졌다.

냥. 제멋대로라도 어리광으로 받아 줘
그냥 외로운 것뿐인걸
냐앙. 짜증을 부려도! 그냥 안아 주길 바라는 거야, 흥

소주 땡겨.

붉은 망토에 노래방, 파트 바꿔 부르기까지 작정하고 했던 나이지만 이것만은 도저히…….

너무 수치스러웠다.

악마도 〈멍멍냥냥〉은 안 되겠다며 내 영혼을 받아 주지 않았다.

이제 외롭지 않아
왜냐하면 함께 잘 수 있는 사람이 생겼는걸!
보고 싶어서 울지도 몰라. 그래도 좋아해 줘!

의외로 이걸 잘 소화하는 건 박윤찬이었다.

내가 어색하게 파트를 소화하고 터덜터덜 걸어 뒤로 들어가자마자 박윤찬은 토끼처럼 뛰어 앞으로 나오며 세 키 올린 목소리로 열심히 재롱을 떨었다.

……저것도 비장하게 하면 어떻게든 소화가 되는 모양이다.

그다음 파트는 그새 옷을 갈아입고 개가 된 고유준, 그리고 새가 된 주한 형.

고유준도 얼굴 새빨개진 게 현타 제대로 맞은 것 같다.

난 한숨을 쉬며 이진성에게로 향했다.

이진성은 의자에 앉아 멤버들을 지켜보고 있었다.

고유준, 주한 형 파트가 끝나고 이진성이 부를 차례.

원래 이진성은 공룡 옷을 입기로 했으나 다리를 다쳐 옷을 갈아입는 것도 힘들고 다음 곡 〈크로노스〉를 위해 가죽 의상을 그대로 입고 있었다.

난 커다래서 사람들이 무서워하겠지만, 어? 왜……

이진성은 자신의 파트를 부르다 다가오는 멤버들의 행동에 당황하며 버벅거렸다.

우린 장난스럽게 씨익 웃으며 이진성에게 쓰고 있던 머리띠를 전부 씌워 주고 등을 토닥거렸다.

어차피 놀기 위해 집어넣은 〈멍멍냥냥〉이 아닌가.

진성이가 파트를 씹어도, 아무도 노래 부르지 않은 채 곡이 계속 흘러가도, PD님은 만족스럽게 우리의 모습을 담고 있을 뿐이었다.

결국 이진성은 쑥스러워하며 마이크를 내리고 고개를 숙였다.

"진성이 울어?"

"진성이 울어?"

"에이, 아니지? 아니야, 아니야."

"뭘 울어! 안 우는데? 진짜 그냥 민망해서……!"

"야, 야! 막내 울리지 마! 자리로 돌아가. 얼른 돌아가."

"네!"

"아, 형!"

우린 이진성을 실컷 놀리곤 자리로 돌아갔다. 이진성은 잠시 말문을 잃고 헛웃음 치며 카메라 밖으로 사라진 우리를 보더니 다시 마이크를 들었다.

—……아이, 가사 까먹었잖아요.

가사를 까먹은 이진성을 마지막으로 〈멍멍냥냥〉이 끝이 났다.

이후 〈크로노스〉, 〈히스토리〉, 〈도깨비〉, 스트릿센터 커버곡, 〈퍼레이드〉까지 쉬지 않고 달린 우리들은 약 30초, 후속곡 〈블루 룸 파티〉를 위해 의상을 갈아입는 그 잠깐 동안 숨을 골랐다.

각자 색과 모양이 다른 반팔 셔츠에 슬랙스, 편안한 의상을 입고 다시 카메라 앞에 섰다.

〈블루 룸 파티〉의 도입부를 맡은 건 다름 아닌 이진성이었다.

Hey, 굳이 멀리 나갈 필요 없어
바다? 여름? 야외?
난 에어컨

이진성이 카메라에 대고 능청스럽게 오른쪽을 가리켰다.

카메라는 이진성의 손을 따라 오른쪽으로 향했고, 그곳에 서 있던 고유준이 셀카를 찍듯 카메라를 데리고 걸으며 장난을 쳤다.

라디오에서 들려오는 파도 소리
블루 라이트 아래 부딪치는 잔
시원한 탄산과 바비큐
블루 룸 파티

그리고 카메라는 나에게 넘어왔다. 난 리허설대로 VJ님의 손을 잡고 함께 걸었다.

아마 방송에는 VJ님의 손과 그 손을 잡은 내 모습만 담기

고 있을 것이다.

창밖으로 내려오는 노을
시원한 열기
열기에 취한 사람들
여유로움 속 도시 휴가를 즐겨
블루 룸, 블루 룸 파티

난 VJ님의 손을 주한 형에게 넘겨주었다. 주한 형, 이어서 박윤찬이 파트를 넘겨받았다.

어디 휴양지에 놀러 와 노을 풍경을 바라보는 것 같은 여유롭고도 감성적인, 그렇다고 너무 무겁지는 않은 트렌디 팝.

힘을 풀고 즐기기 시작하니 자연스레 멤버들의 표정도 늘어 갔다.

마지막 바통을 이어받은 박윤찬이 카메라를 보며 노래 부르는 동안 우린 조용히 이진성의 곁으로 향했다.

"형들 왜 여기로 와?"

〈멍멍냥냥〉에 이어 또 한 번 어리둥절해하는 이진성에게 그냥 웃어 보였다.

그러곤 진성이를 센터에 둔 채 대형을 맞춰 이곳으로 올 박윤찬을 기다렸다.

깊은 잔에 추억을 채워

깊은 밤에 즐거움을 느껴

천천히 이곳으로 걸어오던 박윤찬이 우리가 대기하던 곳에 카메라를 두고 자신의 자리로 들어갔다.

우리는 이진성을 센터에 두고 후렴구 안무를 시작했다.

멤버 모두 이진성을 바라보았다.

이진성은 상황을 파악하자 입술을 잘근거리며 우릴 둘러보다 고개를 숙였다.

입술 사이 차가운 얼음을 물고

즐거움을 태워, 시원함을 만끽해

이 순간도 추억이 될

블루 룸 파티

고개를 숙이고 있어서 진성이가 어떤 표정을 하고 있는지는 모르겠지만 손으로 얼굴을 꾹꾹 찍어 대는 걸 보면 훌쩍이는 모양이었다.

아이고, 그간 많이 힘들었구나.

우린 기분 좋게 웃으며 안무를 계속했다.

이진성의 솔로 파트.

이진성은 마이크를 입에 가져다 댔지만 노랫소리가 들려

오진 않았다.

"진성아, 같이 부르까!"

고유준이 소리치고, 우린 키득거리며 그냥 다 같이 이진성의 파트를 떼창했다.

곡은 이제 마무리만 남았다.

이제 진짜 진지하게, 난 웃음을 참고 마지막 소절을 불렀다.

즐거움을 태워, 시원함을 만끽해
이 순간도 추억이 될
블루 룸 파티

이 순간도 기억이 될
블루 룸 파티

"허억…… 허억……."

멤버들은 마지막 포즈로 멈춘 채 감독님의 오케이 사인을 기다렸다.

솔직히 지금 너무 힘든데. 빨리 큐 사인 나야 하는데.

여기저기 멤버들의 참지 못한 숨소리가 인이어를 통해 들려왔다.

그렇게 조금 더 버티고 있자 마침내.

"오케이! 수고하셨습니다!"

난 감독님의 목소리와 함께 바닥에 드러누웠다.

공연을 연출하는 동안 곡마다 멤버를 나눠서 숨 돌릴 타이밍도 마련해 두었고 연습도 많이 했으니까 체력 확보는 할 수 있지 않을까 했다.

하지만 딱 붙는 의상과 불편한 신발, 숨 돌릴 시간에 갈아입는 의상.

여러모로 힘들었던 공연이었다.

우린 드러누워 있다 일어나 진성이에게 다가갔다.

"막내 울어?"

"진성이 왜 울고 그래!"

"많이 힘들었어? 아이고야."

이진성을 둘러싸고 훌쩍이는 녀석을 달랬다.

"아아…… 진짜…… 왜 그래, 형들 진짜……."

진성이는 형들의 장난에 짜증을 냈지만 손길을 피하지는 않았다.

"모두 고생했어요! 이제 크로노스 세트장에서 나오고! 정리하자!"

"어오…… 중간에 진짜 기절할 뻔했잖아."

고유준이 내 어깨에 팔을 올리며 말했다.

"그러게. 야, 너 진짜 고생했다. 밖에서 보니까 멋있긴 했음."

"죽도록 연습했는데 그래야지."

이로서 오랜 기간 공을 들였던 라이브 공연은 끝이 났다.

아직 반응은 알지 못하지만 안 좋을 수가 없는 무대였다.

후속곡도 진성이 서프라이즈 한다고 완벽하게 부르지는 못했지만, 곡의 분위기와 이벤트가 잘 맞아떨어져서 오히려 좋았을 거라 생각한다.

매니저 형이 멤버들을 챙기며 말했다.

"너무 고생했다, 애들아! 오늘 일정 없으니까 푹 쉬어."

우린 기진맥진한 채 곧바로 퇴근해 숙소로 돌아갔다.

멤버들 모두 그동안 못 잤던 한을 풀듯 씻자마자 자러 들어갔다.

그러나 난 피곤함을 뒤로하고 회사로 향했다.

아직 난 해야 할 일이 남아 있었다.

"가사도 너를 잘 아는 사람이 써 주는 게 공감하기 쉬울 텐데."

YMM 회사 내부에 마련된 작업실, 도 PD님이 말했다.

얼마 전 주한 형에게 데뷔 선물로 받은 내 솔로곡.

너무 좋은 곡을 받아서 마냥 기뻤는데, 이걸 세상에 공개하려면 가사 또한 곡만큼 좋게 뽑아내야만 했다.

하지만 내 10년간의 노력을 제대로 가사에 담아 줄 작사가를 찾기가 쉬울까.

그래서 생각했다.

"PD님, 제가 이 곡 가사를 써 볼까 하는데요."

"네가? 너 쓸 줄 알아?"

"아뇨. 해 본 적은 없는데 선물받은 곡이니까 부족해도 제가 직접 써 보고 싶어요."

"그래? 그럼 네가 써 봐."

도 PD님은 흔쾌히 도와주겠다 말했다.

예전부터 생각했지만 아닌 척하면서 크로노스 되게 아껴주신단 말이지.

"네가 일단 막 써 보고 나한테 보이러 와. 내가 잘 다듬어 줄 테니까."

"넵! 감사합니다!"

우리 멤버 중엔 무려 활동곡 작사를 한 고유준도 있고 도움받을 곳은 많으니까.

"그래, 고생하고. 참, 라이브 공연 잘 봤다. 너희 많이 컸더라."

담백하게 말하셨지만 칭찬에 인색한 분이 굳이 입 밖으로 꺼내어 말할 정도면 정말 마음에 드셨다는 건데.

난 활짝 웃으며 고개를 끄덕였다.

"감사합니다!"

도 PD님의 작업실을 나왔다. 피곤함에 숙소로 돌아가는 것조차 귀찮은 상황.

절로 나오는 한숨을 쉬고 로비의 소파에 잠깐 앉아 눈을 끔뻑이고 있는데 어쩐지 굉장히 신나서 어딘가로 달려가던 김 실장님과 눈이 마주쳤다.

'아, 씨, 잘못 걸렸다.'

난 질색하고 싶은 표정을 애써 감추고 상체를 들어 인사했다.

"안녕하세요."

"어? 현우 혼자 여기 왜 있어? 다른 멤버들은?"

"숙소에서 자고 있어요. 저는 도 PD님이랑 잠깐 이야기 좀 나눴어요."

"이야~ 방송 잘 봤다! 아주 반응이 너무 뜨거워."

"아, 그래요?"

"그럼, 그럼! 크로노스가 누군데. 당연히 반응 좋을 줄 알았어. 시청률이 아주!"

아, 실장님이 신나 보였던 건 시청률 때문이었구나.

난 대충 끄덕이며 김 실장에게 맞장구쳤다.

적당히 말하고 얼른 가라.

김 실장은 호쾌히 웃다 말했다.

"근데 도 PD랑 따로 무슨 이야기할 게 있어?"

"아, 저, 주한 형한테 솔로곡을 선물받아서요. 이거 가사 쓰는 것 때문에-."

"솔로곡!"

아, 깜짝이야. 김 실장은 웃음을 멈추고 놀란 얼굴로 물었다.

"주한이가 솔로곡을 작곡해서 줬어?"

"네, 데뷔 선물이라고……."

"……하긴, 주한이랑 둘이 연습 오랫동안 같이 했으니까."

뭐지? 왜 저런 생각 많은 표정을 짓고 중얼거리는 걸까.

난 부담스러움에 다시 찌푸려지는 표정을 숨기고 미소 지었다.

"왜 그러세요?"

"주한이가 현우한테 솔로곡을 데뷔 선물이라고 줬다 이거지? 팬들 되게 좋아하겠다."

"네?"

아직 곡만 만들어졌을 뿐인데 김 실장의 눈이 원화로 바뀌어 보였다.

"아무튼 현우야, 곡 완성되면 인현 씨 통해서라든가 회사에 말해. 발매는 모르겠지만 영상화는 확실히 해 줄 테니까."

"네……? 아, 예에. 감사합니다."

"수고해라."

김 실장님은 내 어깨를 두드리곤 사라졌다.

그냥 파랑새 통해서 음성만 공개할 생각이었는데?

팬 카페가 있다면 거기다 올리겠지만 아직 우린 그런 것도 없고, 보통은 공식적인 솔로곡이 아닌 경우 녹음본만 공개하는 경우가 많으니까.

"……."

난 김 실장이 사라진 길을 바라보았다.

크로노스에 대한 예산을 아끼고 또 아끼던 분이셨는데…….

〈픽위업〉 때만 해도 B급 곡 뽑아 오던 분이었는데…….

이젠 우리에게 제대로 투자할 생각이 들었나 보다.

회사에서 나오니 벌써 하늘이 어둑해져 있었다.

해가 중천일 땐 라이브 공연으로 열심히 땀 빼고 있었는데 벌써 저녁이라니, 시간은 참 빨리도 흘렀다.

멍하니 하늘을 바라보다 숙소로 걸음을 옮길 때였다.

짤랑!

"현우!"

"예?"

갑자기 회사 아래층 카페테리아 문이 활짝 열리며 여학생 세 명이 나에게 다가왔다.

예상치 못하게 다가오는 낯선 사람들.

난 나도 모르게 뒷걸음치다 제자리에 섰다.

표정을 보아 크로노스 팬인 듯했다.

"앗, 놀라게 했어요? 미안해요!"

"정말 팬이에요!"

"와, 이렇게 볼 수 있을 줄은 몰랐는데에……. 라이브 공연 잘 봤어요! 너무 멋져서 눈물 났어요."

"아, 하하. 감사합니다!"

그들은 벅차오른 얼굴로 라이브 공연에 대한 감상을 털어

놓았다.

감사하긴 한데 아무도 없이 혼자서 팬들을 맞닥뜨린 건 처음이라 어떻게 반응해야 할지 모르겠다.

"같이 사진 찍어 주시면 안 돼요?"

"어…… 그게…… 죄송합니다."

"아니면 사인!"

카페테리아 안에 있는 사람들의 시선이 점점 이곳으로 몰리고 있었다.

아직 준비가 되지 않은 상태에서 시선을 받기엔…….

심장이 크게 뛰었다.

어떻게 해야 하지?

난감해하던 차 카페테리아에서 또 한 사람이 나와 나에게 다가왔다.

"저기요."

"네?"

내가 대답하자 쌀쌀맞은 표정의 여자는 나를 안심시키듯 웃으며 고개를 저었다.

"현우 씨 말고요. 이분들요."

"우리요?"

"네. 그쪽들만 크로노스 좋아하는 거 아니고요, 다들 크로노스 좋아서 카페 방문한 건데 일부러 현우 보고도 모른 척하고 있었거든요?"

"……."

여학생들이 그녀에게 혼나고 있었다.

"현우 난감해하는 거 안 보여요? 생각이 없나, 진짜."

"저…… 괜찮은데."

내가 눈치를 보며 말하자 그녀는 단호하게 고개를 저었다.

"이건 고리들끼리 약속한 거라……. 가는 길 방해해서 죄송해요. 얼른 가세요."

그녀는 나에게 고개를 까딱이고 아예 등을 돌린 채 여학생들을 혼냈다.

난 뻘쭘하게 있다 걸음을 옮겼다.

"그, 정말 괜찮았으니까 혼내지 마세요. 신경 써 주셔서 감사합니다."

"아, 맞다. 현우 씨."

"네?"

뚱한 얼굴이던 여자는 다시 한번 씨익 웃었다.

"〈블루 룸 파티〉 1위 축하해요."

지금 당장의 내가 알 수 없는, 알지 못하는 말이었다.

관객들의 환호 소리도 없이 깔끔하게 들리는 크로노스의 라이브 보컬 소리.

넓은 세트장을 통으로 활용하며 숨 돌릴 틈도 없이 이어지는 무대.

평소 보지 못했던 멤버들의 모습과 부상으로 침울해진 이진성에 대한 멤버들의 서프라이즈 이벤트까지.

더없이 완벽한 라이브 공연, 앞으로 몇 년간을 우려먹을 떡밥.

팬이 아닌 머글들조차도 해당 라이브 클립 영상을 몇 번이나 돌려 봤다는 사람들이 쏟아지고 있는데 고리들은 어떠할까.

딱 붙은 가죽 바지에 하네스 차림의 크로노스 멤버들.

메인 댄서 이진성의 댄스 브레이크를 다른 멤버들의 버전으로 볼 수 있는 것도 색다르고 좋았는데 단체 동물 잠옷을 입고 〈멍멍냥냥〉이라니! 〈니드〉라니!

거기에 멈추지 않고 벌칙 수행 스트릿센터의 〈ONE〉과 직속 선배 알뤼르의 〈도깨비〉.

고유준과 서현우의 페어 댄스! 마지막, 방송이 끝나기 직전 진성이를 달래는 멤버들의 장난스러운 대화 소리까지.

몇 번이고 봐도 볼 때마다 새롭고 또 다른 부분을 발견하게 된다.

하지만 이 엄청난 세트리스트 중에서도 단연 화제가 된 건 첫 공개된 크로노스의 후속곡 〈블루 룸 파티〉였다.

시원한 반팔 셔츠에 슬랙스, 힘주지 않은 머리카락, 〈퍼레이드〉와는 달리 편안한 표정과 멤버들의 잔망.

거기다 여름 저녁 딱 듣기 좋은 감성 돋는 트렌디 팝.

평소 크로노스의 음악 스타일이 아님에도 불구하고 찰떡같이 소화해 냈다.

팡파레 @bbang · 1분
(멤버들 카메라 넘겨받는 장면 모음)
오늘부터 정했어. 난 블루룸파티 쳐돌이임 말리지마라
답글 RT **2 좋아요 2**

★고 유준★ @going_goir · 2분
(고유준 메인 댄스 브레이크)
1.가죽바지를 입었나요? o
2.허벅지에 하네스를 했나요? o
3.고유준이 골반을 튕기나요? o
4.복근이 보였나요? o
5.카메라는 눈치가 있었나요? x
아 카메라 새키 눈치없이 애 복근 내놓는데 하체를 찍고 앉았어
답글 RT **3 좋아요 2**

서현우과몰입 @garas · 15분
(서현우 셀카처럼 카메라 바라보며 다정히 웃는 모습 보정 움짤)
하......내 새키.....아니 오빠(양심ㄴㄴ).....
라이브 풀로 포커스직캠 존버한다....
답글 RT **81 좋아요 70**

구름이 @mongsill · 1시간

(블루룸파티 중 멤버들이 의자에 앉아 있는 이진성을 센터에 두고 웃으며 춤추는 모습, 이진성은 울음을 참다 고개를 숙임 보정움짤)
이거 이제 내 눈물지뢰임ㅜㅜㅠㅠㅠㅠㅠㅠㅠㅠㅠㅠㅠㅠㅠㅜ진성아ㅜㅜㅜㅜㅜㅜㅜㅜ얘들아ㅜㅜㅜㅜㅜㅜ

답글 RT 286 좋아요 299

유진 @youjin · 1분
멤버들:진성이 울어???
진성: 아 뭘 울어. 안 울어
???: 울어? 우는데?
진성: 아아 안 운다니까 진짜!
???: 야! 진성이 운다!
진성:(환멸)

답글 RT 452 좋아요 865

크로노스덕계 @crolol · 30분
근데 우리애들 무대 너무 잘한 것도 있지만 블루룸파티 객관적으로 들어도 너무 좋은데??;;
우리 주한이 천재 아냐???어케 멍멍냥냥과 블루룸파티가 같은 머리에서 나올 수 있지????

답글 15 RT 125 좋아요 268

ㄴ닉네임짓는게 @himduro · 1분
@crolol 님에게 보내는 답글
그러니까요ㅜㅜㅜㅜ딱 듣자마자 아 이거 개띵곡이다 했어요ㅜㅜ

그렇다. 〈블루 룸 파티〉는 객관적으로 들어도 주관적으로

들어도, 이십 대의 감성에 딱 맞는 트렌디한 명곡이었다.

라이브 공연에 맞춰 음원 사이트에 업로드된 〈블루 룸 파티〉는 빠르게 스트리밍되며 순위를 치고 올라갔다.

순위권으로 올라온 곡은 고리들만 듣는 것이 아니었다.

누가 들어도 홀리게 되는 명곡, 라이브 공연을 보지 않았던 일반인들 또한 곡을 듣기 시작했다.

그렇게 몇 시간이 지났을까.

유넷이 너튜브에 업로드한 라이브 공연 클립 영상 일부가 40만 뷰를 찍었을 때, 〈블루 룸 파티〉는 음원이 발매된 지 4시간 만에 음원 사이트 1위를 차지하며 크로노스 자체 최단 시간 1위를 하게 되었다.

크로노스에게 매우 기념비적인 기록이었다.

크로노스가 후속곡 활동을 시작하기도 전에 음원 차트 1위를 했으니 내외적으로 축제가 열리는 건 당연한 일이었다.

활동과 동시에 소화할 많은 스케줄들이 잡혔고 그러니 당연히 크로노스와 YMM의 의욕도 높아졌다.

"〈뮤직케이스〉 첫 방 끝나고 라디오 스케줄 잡혔다."

"어디요?"

"〈레나의 뜨거운 저녁 라디오〉. 많이 들어 봤지?"

〈레나의 뜨거운 저녁 라디오(레뜨라)〉. 들어 보다마다. 일명 신인 가수 기회의 장이라고 불리는 프로그램이다.

인기 가수라면 신곡을 낼 때마다 필수로 거쳐 가는 라디오 프로그램. 그러나 어지간히 화제성과 인기가 있지 않으면 섭외해 주지 않는다.

그러니 신인 가수들은 레뜨라로 객관적인 인기의 척도를 가늠하기도 한다.

섭외도 잘 안 오는 라디오를 왜 기회의 장이라고 부르느냐.

그건 레뜨라에서 제공하는 분량과 너튜브 클립 영상 때문이다.

레뜨라는 고심하고 고심해서 출연자를 섭외하는 만큼 출연진을 극진히 모시기로 유명하다.

무조건 보이는 라디오로 진행하며, 출연자에게 맞는 코너를 회 차마다 따로 만든다.

그러곤 클립 영상을 뽑아 너튜브 조회 수를 쏠쏠히 당겨 주니 신인뿐만 아니라 기성 가수 입장에서도 가성비 갑 라디오일 수밖에.

"일단 크로노스는 〈블루 룸 파티〉, 〈퍼레이드〉 라이브 하기로 했고 현우, 유준이, 윤찬이."

"네?"

"기획 코너로 세 사람까지 솔로 라이브 시켜 준다고 하거든? 너희 셋으로 갈 예정이니까 커버할 곡 정해 놔."

"……네!"

대상 가수 레나의 라이브답게 실력 좋은 아이돌이 나오면 언제나 진행하는 코너가 있다.

'오늘만 라이브'라고, 출연한 그룹의 보컬 담당 멤버들이 커버곡을 부를 수 있는 코너.

시간상 모든 멤버들이 라이브 할 수는 없지만 인기의 척도에 따라 분량이 늘어나는 걸 생각하면 크로노스는 세 명이나 받았으니 굉장히 대우를 잘 받은 격이다.

"주한이랑 진성이 분량도 많이 챙겨 준다고 하니까 두 사람 너무 섭섭해하지는 말고."

"에이, 별로 안 섭섭해요, 전."

주한 형이 싱글벙글 웃으며 말했다.

음원 차트 1위 작곡가 강주한.

목돈도 들어올 예정이겠다, 재능 홍보도 했겠다.

주한 형은 분량과 상관없이 지금 누구보다 기분이 좋아 보였다.

"라이브에 자신 없으니까 어쩔 수 없죠. 분량 잘 챙겨 주신다고 하니 오히려 감사."

진성이도 나름 납득한 것 같았고.

〈블루 룸 파티〉.

시작이 매우 좋았다.

이보다 더 완벽할 수 없는 상황 속에 데뷔 신고식의 마무리, 후속곡 활동이 시작되었다.

언제나 생각하지만 기회는 정말 갑작스럽게 찾아온다.

그러니 언제든 잡을 수 있도록 제때 준비를 해 뒀어야 하는 법인데…….

아쉽게도 이번 기회는 조금 타이밍이 나쁘게 다가온 모양이다.

"잘 지냈어요, 형? 되게 늦으셨네."

"늦는다고 말했잖아."

뻔뻔스러운 말을 하며 내 맞은편에 앉는 상대에게 내 감정을 모두 담아 노려보았다.

그러자 상대는 날 똑같이 노려보며 다른 사람들의 눈에 띄지 않게 가운뎃손가락을 펼쳐 보였다.

YU엔터테인먼트 사옥 내 카페.

이 익숙하면서도 낯선 곳을 찾아온 이유는 다름 아닌 김진욱과의 만남 때문이었다.

"네가 불러 놓고 노려보는 건 무슨 심보인데?"

"불러서 온다고 했으면 시간 맞춰서 와야 할 거 아니에요. 내가 한가한 사람도 아니고."

내가 뚱하게 대답하자 김진욱이 날 아래위로 훑어보고 비

아냥거렸다.

"한가해 보이는데?"

"모르시나 본데 저희 후속곡 활동 시작했거든요? 오늘만 쉬는 거예요."

사실 일주일 쉬지만.

끝나지 않는 말다툼에 김진욱은 결국 입을 닫고 한숨을 쉬었다.

"왜 불렀는데? 시비 털려고 부른 건 아닐 거 아니야."

그렇다. 내가 설마 김진욱과 싸우기 위해 지혁 형에게 전화해 김진욱의 번호를 알아내어 약속까지 잡는 번거로운 짓을 했을까.

난 머뭇거리다 말했다.

"그간의 정을 봐서 좀 도와주세요."

랩 하면 생각나는 놈이 김진욱밖에 없어서 부른 것이다.

크로노스에서 그나마 랩 하면 고유준, 이진성인데, 고유준은 라디오 커버곡 연습한다고 바쁘고 이진성은 작사 능력이 없으니까.

내 공손한 부탁에 김진욱은 있는 대로 인상을 쓰더니 혀를 찼다.

"싫어."

"……와, 진짜."

재수 없다.

"내가 경연에서 허수아비같이 춤추는 형을 얼마나 도와줬는데?"

"어쩌라고."

"아, 커피 사 준다고요."

"나 간다."

김진욱이 미련 없이 일어났다. 저, 저 싸가지없는 새끼!

"아이 씨, 근데 왜 처음부터 반말이세요?"

"너도 까든가, 그럼."

"어, 진욱아!"

돌아가려던 김진욱이 멈칫, 날 한심하게 바라보았다.

나도 유치한 거 안다.

근데 유치해도 저 자식 다시 의자에 앉히기는 해야겠다.

"내가 아는 사람들 중에 제일 랩 잘 쓸 거 같아서 찾아온 거라고."

내가 씩씩거리며 말하자 그제야 김진욱이 의아한 기색을 내비쳤다.

"랩?"

라디오 솔로 라이브라는 말을 듣자마자 머릿속에 떠오른 것은 주한 형이 선물해 준 곡이었다.

도 PD님과 작사에 대한 이야기를 나눈 후 어느 정도 생각나는 대로 가사를 쓰기는 했다.

하지만 딱 한 구간. 아무리 생각해도 문외한인 파트가 있었다.

곡의 도중 일렉 기타 반주와 함께 갑자기 가파르게 변주되는 부분.

주한 형에게 의도는 묻지 않았지만 딱 봐도 노래보단 랩이 들어가기에 알맞은 부분이었다.

노래 가사는 도 PD님의 도움을 받아 어떻게든 완성시킬 수 있을 것 같았다.

하지만 랩은 박자를 쪼개어 부르는 것이라 내가 손쓸 수 없었다.

우리 그룹에서 가사를 써 본 적 있던 고유준도 랩 가사는 아직 힘들 것이고 솔로 라이브도 준비해야 하니 부탁하긴 미안한 상황.

최대한 라디오에서 라이브를 선보이고 싶은 마음에 끙끙 앓다 결국 김진욱에게까지 찾아오게 된 것이다.

김진욱은 귀찮은 눈으로 날 바라보더니 다시 자리에 앉았다.

"랩이 왜?"

이제야 조금 호기심이 생긴 모양이다.

"이번에 솔로곡 하나를 받았는데요. 랩 파트, 형이 써 줬으면 좋겠다고요. 제가 아는 사람들 중에 제일 잘하니까."

내 제안에 김진욱은 말이 없었다.

지혁 형에게 듣기론 YU로 이적한 것까지는 좋았는데 김진욱이 그룹 데뷔를 줄곧 거절하고 있다고 했다.

첫 그룹 상태가 엉망이기도 했고, 솔로로 랩 하는 게 천직이 될 사람한테 단체 생활은 그다지 맞지 않았을 거다.

하지만 데뷔하지 않는 연습생에게 곡을 주는 사람은 잘 없다.

김진욱의 답답함도 점점 심해지고 있을 테지.

그러니 이 제안은 나한테도 김진욱에게도 좋은 일이다.

"자존심 세우지 말고 해 줘요. D 팀이잖아요."

나는 좋은 래퍼의 랩을 받을 수 있고 김진욱은 오리지널곡에 본인 목소리를 담을 수 있으니까.

김진욱은 잠시 고민하는 척하더니 결국 고개를 끄덕였다.

"할게. 대신 난 딱 한 번 녹음만 해. 너랑 같이 라이브 하는 일은 없어."

"어우, 당연하죠. 저도 형이랑 라이브는 좀. 감사해요. 그래서 곡 내용이 뭐냐 하면-."

난 김진욱에게 이 곡의 내용과 미완성된 가사를 넘겨주었다. 김진욱은 별로 하고 싶지 않은 기색이더니 가사를 보는 모습은 나름 진지했다.

"이런 내용인데 형은 형이 하고 싶은 대로 좀 써 주세요. 공개할 거니까 욕은 쓰지 말고."

내가 말하자 김진욱은 인상을 찌푸리다 고개를 끄덕였다.

"내가 바보도 아니고."

"아아, 바보 아닌데 펜션에서 담배 피우고 그랬구나?"

"나 그냥 가?"

"개과천선하신 모습이 너무 보기 좋다고요."

김진욱은 가사를 휴대폰으로 찍고 일어났다.

"아무튼 MR 나한테 메일로 보내. 녹음해서 보내 줄 테니까."

"넵. 잘 부탁드려요."

"그리고."

"네?"

김진욱은 자신의 휴대폰을 주물럭거리며 머뭇거렸다. 내가 안 가고 뭐 하냐는 뜻으로 고개를 갸웃거리자 말했다.

"너 나한테 전화한 번호, 네 번호냐?"

"아닌데요. 크로노스 공용 폰요."

김진욱은 어색한 동작으로 나에게 폰을 내밀었다.

"번호 내놔. 개인 휴대폰 몰래 가지고 있잖아."

"헐, 네. 할 말 있으면 그냥 크로노스 폰으로 해도 되는데."

난 그렇게 말하면서도 김진욱의 휴대폰을 받아 번호를 찍고 건넸다.

"아무튼 작업 잘 부탁드릴게요. 작업하는 동안 편하게 연락해요, 형."

김진욱은 내 말에 대답하지 않고 일어나 사라졌다.

어우, 진짜 아마 김진욱이랑은 평생이 걸려도 못 친해질 것 같은 기분이 들었다.

난 '네가 왜 여기에 있니?' 정도의 눈길을 받으며 YU 사옥에서 나와 숙소로 향했다.

그리고 그날 저녁, 언제쯤 완성되려나 김진욱이 녹음본 보낼 일정을 가늠하며 나는 나대로 솔로곡 가사를 완성시키고 있을 때쯤이었다.

1차. M4A

아주 간단한 제목으로 날아온 음성 파일엔 내가 쓴 가사와 이 곡의 의미를 완벽하게 이해한, 아주 완벽한 가사의 랩이 들어가 있었다.

이런 걸 천재라고 하는구나.

아까 대충 설렁설렁 듣고 만다고 생각했는데 안 듣는 척 제대로 다 들었던 모양이다.

난 감격스러운 마음을 담아 김진욱에게 기프티콘을 보냈다.

심지어 가사 쓰는 실력도 되게 좋아진 것 같은데?

역시 사람은 대형 기획사 양질의 교육을 받아야…… 아, 이게 아니고.

오히려 내가 김진욱이 보낸 랩 가사 덕분에 가사를 쓰는데 감을 잡았다고 할까.

지금까지 헤매었던 것이 거짓말인 것처럼 빠르게 가사를 완성시켰다.

일사천리로 진행되어 가던 내 첫 솔로곡.

주한 형에게 가장 먼저 녹음한 곡을 들려주자 주한 형은 흐뭇하게 웃으며 엄지를 추켜들었고, 두 번째로 들은 도 PD님 또한 마찬가지의 반응이었다.

'처음치고 매우 잘했다.'

김진욱의 랩이야 그 자식은 천재니까 말할 것도 없고, 나는 급작스럽게 쓰긴 했지만 도 PD님의 칭찬을 받으며 무사히 곡을 완성시킬 수 있었다.

회사 작업실에서 도 PD님과 곡의 마무리 작업을 하고 있을 때 김 실장님이 들어와 솔로곡에 관심을 보이기 시작했다.

"이게 주한이가 너한테 선물했다는 곡이야?"

"네."

"크으…… 주한이도 주한이고 진욱인가 하는 YU 연습생도 잘했지만 우리 현우, 도대체 못하는 게 뭐야?"

공식 발매도 안 하는 곡이라 매출도 없을 건데 김 실장님은 도대체 왜 저렇게 신난 거지?

거기다 평소엔 잘 들어오지 않던 작업실까지 굳이 들어오면서 말이다.

김 실장의 행동이 굉장히 의심스럽다는 생각을 했을 때, 난 김 실장에게서 청천벽력 같은 말을 들어 버렸다.

“이거 팬들이 되게 좋아하겠다, 그렇지? 주한이가 선물한 의미 있는 곡이기도 하고 크로노스 첫 솔로곡인데 신경 좀 써 보자.”

“어떤 신경요?”

“YU 연습생 공식적으로 섭외해. 이 곡 가지고 영상 하나 만들어서 너튜브에 공개하자고. 인기 좋으면 발매까지 밀어붙여 볼게.”

김진욱을 섭외를 해? 심지어 같이 영상을 만들어?

난 질색했지만, 김 실장님은 이미 계획한 일인 듯 자신이 생각한 것들을 줄줄이 늘어놓기 시작했다.

뭔가 일이 점점 커지고 있었다.

김 실장님의 말을 듣고 있던 도 PD님은 처음으로 김 실장에게 웃어 주었다.

“김 실장님이 돈 쓰는 데 적극적인 건 처음 보네요. 우리 주한이 올해 저작권 부자 되겠어요, 허허.”

아무리 날고뛰는 실력을 가졌다고 해도 한낱 연습생이 소속사가 잡아 준 스케줄을 거절하는 건 힘들다.

김진욱이 그룹 활동을 거부하는 것이야 본인도 또 그와 함께할 멤버들도 싫다고 하면 어떻게든 무마되는 것이겠지만, 개인 스케줄은 그가 아무리 고집이 세도 소속사의 뜻에 따라야 하는 게 맞다.

그래서 아직 힘이 없는 신인 아이돌 가수인 나와 연습생 김진욱은 또 한 공간에 모일 수밖에 없었다.
만나기 싫어서 녹음본도 휴대폰으로 주고받았던 우리였는데 말이다.
"두 사람 친한 거 아니었어? 긴장해서 조용한 건가?"
"……."
"……아니요. 안 친한데요."
김 실장의 너스레에 돌려줄 반응은 그다지 없다.
우린 지금 서로의 얼굴을 강제로 다시 보고 있는 것에 불만이 많으니까.
"그냥 안 한다고 할걸."
"아니죠. 일단 한다고 했으면 후회는 하지 말죠? 작업하고 싶어 했으면서."
내 말에 김진욱이 날 노려보곤 시선을 피해 버렸다.
YU엔터테인먼트의 녹음실.
녹음실 내부엔 카메라와 조명, 그 외에도 많은 스태프들이 꽉꽉 들어차 있다.
내 솔로곡을 영상화시키기 위함인데, 내가 립싱크 하는 영상을 만들려면 자연스럽게 피처링 해 준 김진욱도 참가해야 하는 것이다.
"현우 입은 거 사복이야?"
스타일리스트 누나가 내 머리를 만져 주며 물었다.
"네? 네."

흰 티에 검은 바지. 그저 티를 바지에 집어넣은, 별로 특이할 것 없는 차림새였다.

그런데 누나는 감탄사를 내뱉었다.

"심플하고 좋네. 따로 준비한 옷 말고 그냥 이대로 가자."

누나는 팔찌와 반지만 따로 챙겨 주고 준비를 마무리했다.

"준비 다 됐지? 이미 녹음한 걸 립싱크 하기만 하면 되니까 빨리 끝내고 퇴근하자. 현우 안으로 들어가."

"네."

나는 기다리고 있던 소파에서 일어나 녹음 부스로 향했다.

내가 녹음 부스로 들어가자 조명과 카메라도 우르르 따라 들어왔다.

"현우 준비됐어?"

"네!"

난 헤드셋을 끼고 마이크 앞에 섰다.

곧 MR이 재생되고 난 내 목소리에 맞춰 입을 벙긋거렸다.

발 디딜 곳은 있는 걸까
설 곳이 없는 건 아닐까
문득 불안이 스며들어

최대한 경험을 살려서 써 보라는 도 PD님의 조언에 따라, 내가 느꼈던 감정을 고스란히 담아낸 가사.

도 PD님의 도움으로 가사다운 가사가 되었다.

쉼 없이 달려도 종착할 수 없고
시간은 나만 버려둔 채 흘러가네
마음을 난도질하던 다짐들

달라질 것 없는 현실이라도
난 또 떠오르는 아침을 보며
중얼거려 본다
한번 더, 한 번만 더

그냥 노래를 듣고 따라 하는 것뿐인데 왜 울먹해지는 건지.

문득문득 연습생 시절의 기억들이 흑백으로 떠올랐다. 자꾸만 사람이 감정적으로 변해 간다.

발자국을 부러워했어
사실 여기가 종착지는 아닐까
달리다 멈춰서 불안함을 느껴

숨은 거칠고
아침은 나만 두고 시작되네
포기하고 싶던 소년의 귓가에

다시 찾아온 기회가 속삭여

한번 더, 한 번만 더

좌절하고 포기했던 나를 위로해 주는 노래.

좌절하고 포기한 사람들을 위로하는 노래.

주한 형의 곡과 내가 쓴 가사에 가득 담은 메시지. 당사자로서 울컥하는 마음이 드는 건 어쩔 수 없었다.

립싱크여서 다행이지 라이브였으면 오늘 안으로 촬영 못 끝냈을 거다.

MR 속 내 목소리가 사라지고 이내 김진욱의 랩 파트가 들렸다.

평소 성격이랑은 다르게 김진욱이 가사 하나는 또 굉장히 섬세하게 쓴다. 난 그 부분을 최대한 의연히 넘기려 노력하며 다음 내 파트에 맞춰 마이크 앞에 다가갔다.

카메라가 반대쪽으로 와 다른 방향의 나를 찍고 있었다.

난 눈을 감고 다시 입을 움직였다.

괜찮을 거야

결국 긴 달리기의 끝에 결승선이 있을 거니까

괜찮아

시련 끝에 꿈은 이루어지니까

곡이 끝났다. 눈을 뜨고 바깥 녹음 부스를 바라보았다.

–현우 수고했어. 밖으로 나와.

"예? 벌써 끝이에요?"

–어어, 잘했어.

난 머쓱하게 헤드셋을 벗어 내려놓았다.

뮤직비디오 촬영을 생각하면 창피할 정도로 빨리 끝난 촬영.

추가적인 재촬영 없이 원 컷으로 내 차례를 마친 나는 이래도 되나 하는 심정을 표정으로 내비치며 밖으로 나왔다.

"너무 빨리 끝내는 거 아니에요? 실장님 카메라 확인도 안 해 보셨잖아요."

"걱정 마, 현우야. 내가 이런 거 한두 번 진행해 본 게 아니거든."

아, 뭐 알아서 하시겠지.

더 신경 쓴다고 바뀔 상황도 아닌데 머리 아프기 싫어서 김 실장의 말에 대충 고개를 끄덕이고 소파에 앉았다.

내가 김 실장이랑 대화를 나누는 사이 김진욱이 부스 안으로 들어가 헤드셋을 목에 걸었다.

"진욱아, 편하게 해, 편하게. 틀리면 즉시 말해 주고."

–……네.

"파이팅!"

–…….

김진욱은 김 실장의 말을 못 들은 척하고 헤드셋을 꼈다.

아마 내가 촬영하는 사이 이미 김 실장이 얼마나 피곤한 사람인지 파악해 버린 모양이다.

"MR 틀어."

"넵."

스태프가 김 실장의 명령에 곧장 MR을 틀었다.

랩 파트 직전으로 구간이 이동하고, 김진욱은 고개를 까딱이며 리듬을 타더니 가사를 따라 입을 움직였다.

이 악물고 노력해도 소년의 희망은 짓밟히네
뭣 하나 뜻대로 되지 않아
사방이 막혔어
사방에 적이야

처음 김진욱에게 녹음분을 받았을 때도, 그것을 텍스트화한 것을 받았을 때도 감탄하긴 했지만, 좋은 스피커로 들으니 역시 놀랍도록 좋다.

무너지고 무릎 꿇고 눈물 흘러도
다시 일어나
눈을 감아
그리고 달려
상처 입은 아이어른이 돼

아무리 생각해도 저 김진욱에게서 나왔다고는 믿을 수 없는 섬세하고 감성적인 가사.

이래서 사람들이 콜드이칠 노래를 그렇게나 좋아했던 거구나.

하지만 괜찮아

네 감은 눈꺼풀에 빛이 스며들 때

천천히 눈을 뜨면

어느새 너는 꿈을 쥐고 있을 테니까

김진욱 또한 한 컷의 촬영이 끝이 났다.

김진욱 또한 이렇게 빨리 끝나는 게 맞나 긴가민가한 표정이었지만 녹음 부스를 나와 어른들에게 인사한 후 나에겐 시선도 주지 않고 사라졌다.

이런 좋은 가사를 주고받은 사람들답지 않은 쌩한 헤어짐.

그러나 나도 별로 섭섭하다는 생각은 하지 않았다.

그리고 저녁, 짧았던 촬영 시간만큼이나 빠르게 솔로곡 영상이 완성되어 나에게 보내졌다.

립싱크 한 것을 NG도 없이 촬영했으니 편집이 어렵지는 않았을 테지만 너무 빠르지 않나?

이렇게 성급해도 되나, 걱정될 지경이었다.

하지만 걱정을 뒤로하고 본 영상은 생각보다 퀄리티가 좋았고 공식 영상다웠으며, 말 그대로 팬들에게 잘 포장한 선물이 될 수 있을 만한 것이었다.

1절이 완벽히 끝난 이후 안심하고 느긋하게 감상하던 나는 영상의 마지막.

현우, 데뷔 축하해. 사랑한다.

주한 형의 필체로 적힌 문구에 멈칫, 이내 웃어 버렸다.

원스어겐 @sudm · 50분
정말 지치고 힘들 때 방안에 혼자 틀어박혀서 들으며 위로
받을 수 있는 노래.
#서현우_원스_어겐
고리들한테 선물줘서 고마워
피쳐링해준 진욱님도 감사합니다
답글 RT 23 좋아요 41

루스 @RUS_20 · 40분
5분도 안 되는 노래에 정말 많은 감정들이 담겨있더라
주한이가 어떤 마음으로 이곡을 써서 현우한테 줬는지
현우가 어떤 마음으로 가사를 썼는지. 지금까지 고생했던
거라던가 많은 이야기들이 마음으로 느껴져서 뭉클했음
#서현우_원스_어겐
답글 1 RT 5 좋아요 23

ㄴ진성차차 @jincha · 1분
@RUS_20 님에게 보내는 답글
맞아요ㅜㅜㅜ마지막에 주한이 메세지 뜰 때 주먹쥐고 울뻔
했음...

크로노스덕계 @crolol · 2분
(영상 속 강주한 메세지)
주한이가 현우를 얼마나 아끼는지 보이는 부분...
왜 주한이가 현우한테 솔로곡을 줬을까 의문이었는데 진짜
오랫동안 같이 연습생 생활했으니 현우 데뷔가 유독 특별
했을 수도 있겠다는 생각을 했다.
#서현우_원스_어겐
현우야 첫 솔로곡 축하해! 와엠 제발 음원 발매 해주라...이
대로 끝나기는 아까운 곡임
답글 2 RT 221 좋아요 325

도비 @dovi · 5분
아니 근데 주한이 메세지나 노래도 쌉명곡인데 현우 목소
리 너무 좋다...내가 현우 보컬 쳐돌이긴 한데 이렇게 온전
히 보컬을 들은 건 처음인 듯, 깔끔한 것 같으면서도 힘있
고 꽉 들어찬 슬픈 목소리...뭔 말인지 고리들은 알거시야...
#서현우_원스_어겐
답글 3 RT 352 좋아요 886

너튜브에 〈원스 어겐〉 영상이 업로드 되었다.

처음으로 혼자였던 영상이자 솔로곡이기도 하니 팬들의 반응이 어떨지 걱정했으나, 다행히 많은 사람들이 가사에 공감하고 좋아해 주시는 듯했다.

"야, 이거 음원 안 내준대?"
"안 내줄걸."
내가 대답하자 고유준이 탄식했다.
고유준은 어제저녁 영상이 업로드 되고 난 이후부터 줄곧 〈원스 어겐〉을 돌려 듣고 있었다.
"곡 너무 좋은데? 너 곡 가지고 있지? 나도 보내 주면 안 됨?"
"뭐, 그러든가. 어차피 파랑새에 곡만 따로 올리긴 할 생각이었어."
"형, 나도! 저 가사 거의 외웠잖아요."
"저도요. 곡도 좋지만 현우 형 보컬 자체가 너무 잘 어울려서……."
난 멤버들에게 흔쾌히 곡을 공유했다.
매니저 형은 솔로곡에 대한 감상평을 말하며 떠들썩한 우리를 룸 미러로 바라보며 씨익 웃었다.
"진성이 노래 되게 많이 들었나 보다? 가사까지 줄줄 외우고 있는 걸 보니."
"당연하죠. 평범하게 음원 사이트 들어간 다른 가수 곡이라도 한동안 이것만 듣고 살았을걸요."
"발라드 잘 안 듣는 진성이가 이렇게 말할 정도면 이건 진심이다."
키득거리는 고유준과 이진성을 보며 매니저 형이 말했다.
"그럼 진성이 좀 있다 라디오에서 랩 파트 부를래?"

그러자 떠들썩하던 차 안이 쥐 죽은 듯 조용해졌다.

"……제가요?"

진성이는 제 귀를 의심하며 되물었다.

매니저 형은 태연하게 고개를 끄덕였다.

"진욱 씨 파트 MR 까는 것보다는 멤버 중 한 사람이 불러주는 게 좋지 않겠어?"

"그걸 제가요?"

"어, 네가. 크로노스에서 랩 파트 담당하는 멤버가 너 아니면 유준인데, 유준이는 이미 혼자 커버곡 하기로 했으니까. 진성이가 해도 좋을 거 같은데?"

"어어음……."

진성이는 선뜻 대답하지 못했다.

김진욱이 워낙 잘 부른 것도 있지만 애초에 춤 외의 모든 것에 그다지 자신 없어 하는 녀석이다.

"진성이가 하면 되겠다. 진성이 〈퍼레이드〉랑 〈크로노스〉에서도 되게 잘하던데."

"맞아. 저번에 라이브 공연 때도 잘하더라. 서현우한테 따로 배우더니 실력이 일취월장하는구만?"

진성이는 나와 고유준이 번갈아 붕붕 띄워 주고서야 머뭇거리며 고개를 끄덕였다.

진성이나 윤찬이처럼 자기 자신의 객관화가 너무 잘되어 있어도 문제다.

"한번 해 볼게요. 형, 휴대폰 좀."

라이브 공연 이후 컨디션이 돌아와 다시 시끄러워졌던 진성이가 도로 심각 모드가 되었다.

크로노스 공용 폰을 가져가 〈원스 어겐〉을 몇 번이나 들으며 랩 파트를 중얼중얼하는 모습이 기특하기도 하고 웃기기도 했다.

멤버들 또한 진성이에게 방해가 될까 수다를 멈추었다.

방송국에 도착할 때까지 조금 거리가 있었다. 난 〈원스 어겐〉 가사를 중얼거리며 아직은 어색한 내 곡에 서서히 적응해 갔다.

"크로노스, 수고하셨습니다."

"감사합니다!"

〈뮤직케이스〉 리허설이 끝났다. 라이브 공연 때와는 달리 이곳엔 관객도 있고 카메라의 이동도 한정적이다.

카메라와 데이트하는 콘셉트였던 〈블루 룸 파티〉의 안무도 음악 방송에 맞도록 바꾸었다.

하지만 그렇다고 해도 〈퍼레이드〉 때보다 카메라 무빙이 많아진 건 사실이라 리허설을 두 번 더 반복했다.

안무가 쉬워서 다행이지 〈퍼레이드〉 같았으면 본방 시작하기도 전에 지쳐 나가떨어졌을 것이다.

“고생했어. 대기실에 도시락 사다 놨어.”

“누나 저, 걸을 때 허리에 뭐 걸리는 거 있는데 확인 좀 해 주실 수 있을까요?”

“응, 알겠어.”

“카페 다녀와도 돼요? 밥보다 커피 마시고 싶은데.”

“커피? 좀 있다 형이랑 같이 다녀오자.”

대기실로 들어선 크로노스 스태프들은 멤버들과 한참 소란스러웠다.

딱히 무대에 문제가 있지도 않고 의상에 대해 피드백 할 것도 없던 나는 스태프들에게 방해되지 않도록 구석에 박혀 도시락을 먹었다.

주한 형은 매니저 형과 커피를 사러 가고, 윤찬이는 의상에 문제가 있는지 스타일리스트 누나들에게 둘러싸여 이야기를 나누고, 고유준과 이진성은 비하인드 카메라 앞에서 수다를 떨고 있다.

평소와 그다지 다를 바 없는 풍경.

그런데 문득 대기실을 가득 채우고 있던 스태프들이 하나둘씩 줄어 가는 듯한 느낌이 들었다.

아니 확실히, 발 디딜 틈도 없던 대기실도 좀 넓어졌고 익숙한 얼굴들이 은근슬쩍 보이지 않는다.

“고유준, 스태프들 다 어디 갔어?”

"엉?"

내가 묻자 고유준은 눈을 굴리더니 씨익 웃었다.

"음, 몰라."

아닌데? 아는 표정인데?

나에게 대답하고 이진성과 마주 보며 키득거리는 모습이, 둘 다 아주 잘 알고 있는 표정인데.

"뭔데. 모르는 게 아닌데?"

난 도시락을 내려놓고 녀석들에게 다가갔다. 뭔가 장난이라도 치려는 속셈이 틀림없다.

"모른다니까?"

"형, 진짜 몰라, 우린!"

"표정에 티 다 나, 바보들아."

본격적으로 두 사람을 추궁하려던 때였다.

"아안녕하세요! 우리 크로노스!"

"우악! 깜짝이야! 뭐야!"

대기실 문이 벌컥 열리며 익숙한 얼굴들이 우르르 들이닥쳤다.

"아이고, 유준 씨, 진성 씨! 잘 지냈어요?"

"윤찬 씨랑 주한 씨는 어디 갔어요?"

난 놀라 반사적으로 몸을 떨며 구석으로 도망갔다.

그들은 다른 멤버들에게 안부 인사를 전하다 나를 발견하곤 우르르 떼거지로 몰려왔다.

"현우 씨! 아이고, 우리 현우 씨!"

아주 반갑게 내 이름을 부르는 사람은 바로 국민 MC로 불리는 유일석이었다.

유일석뿐만 아니라 SES 〈플라잉맨〉 고정 출연진, 그리고 〈플라잉맨〉 카메라와 조명, 마이크.

아니, 여기 타 방송사 아닌가?

"왜 여기에……. 안녕하세요……."

난 놀란 얼굴 그대로 그들에게 인사했다.

그러자 유일석은 미안함 반 즐거움 반 정도의 웃음을 지으며 날 카메라 앞에 데려다 놓았다.

"아이고, 우리 현우 씨를 내가……. 유준 씨랑 진성 씨도 이리 오세요!"

난 아직 전혀 상황 파악이 되지 않았다. 하지만 고유준과 진성이는 이미 다 알고 있었던 듯 전혀 놀란 기색 없이 출연진과 이야기를 나누고 있었다.

"너희 알고 있었어?"

"응. 알고 있었지."

당연하게 말하는 고유준의 뻔뻔스러움이 놀라울 정도다.

어쩐지 스태프들이 하나둘씩 사라지더라니.

내가 헛웃음을 치며 갑작스러운 〈플라잉맨〉 출연을 그럭저럭 받아들이고 있을 때, 갑자기 유일석과 다다를 시작으로 〈플라잉맨〉 출연진이 내 앞에 무릎을 꿇기 시작했다.

"엇, 왜 이러세요, 선배님."

내가 어쩔 줄 모르고 유일석을 일으켜 세우려 했지만 그는 꼼짝도 하지 않았다.

"저희가 죄송합니다! 현우 씨! 그리고 크로노스 여러분!"

"네?"

"이젠 저 밑바닥으로 사라진 그 녀석이 감히 현우 씨의 번호를!"

"에잇! 그 나쁜 놈!"

"저희가 차마 볼 낯은 없지만 그래도 이렇게 사과라도 드려야 마음이 편하지 않겠습니까!"

"아니…… 괜찮은데……."

물론 〈플라잉맨〉에 잘못은 없다.

그저 신인 아이돌을 출연시켜 주었던 것뿐, 사회적 물의는 같은 출연진이었던 고성철이 빚었고.

출연진 또한 잘못이 없다는 것을 인지하고 있는 듯 이 상황은 그저 콩트, 상황극 정도의 분위기였다.

사과나 보상의 목적보다는 그냥 게스트 분량 뽑는 느낌이랄까.

"현우 씨, 저희가 현우 씨한테 영상 편지 보냈었는데 보셨어요?"

"네, 그거 봤어요. 멤버들이 많이 놀리더라고요."

"아이고오, 놀림받으셨구나. 어쩝니까, 이걸!"

유일석이 다시 무릎을 꿇었다. 그러자 〈플라잉맨〉 다른 출연자들도 과장해 '아이고, 아이고오' 하고 탄식하며 무릎을 꿇었다.

"아니…… 허허, 이거 도대체 무슨 상황이에요?"

"현우 씨, 확실히 말씀해 주세요. 저희 사과를 받아 준다. 예스, 노! 둘 중 고르세요."

유일석의 능청스러운 말에 함께 무릎을 꿇고 있던 우석이 참다못해 헛웃음을 터트렸다.

"아하니, 사과를 그런 식으로 하는 사람이 어디 있어요!"

"맞아, 오빠! 사과를 이렇게 하면 어떻게 해?"

출연진이 일어나 불만을 토로하며 유일석을 일으켜 세우려 했지만 유일석은 고집스레 웃으며 자세를 유지했다.

"허흫! 현우 쒸이! 결정해 주세요! 사과 받아 준다! 예쓰! 노!"

"아, 형! 왜 그래요, 현우 씨한테!"

그때 이 상황을 가만히 지켜보고 있던 장석이 〈플라잉맨〉 멤버들을 물러서게 하더니 유일석의 겨드랑이에 손을 집어넣고 한번에 일으켜 세웠다.

유일석은 무 뽑히듯 벌떡 일어나졌다.

"아이씩, 이게 뭐 하는 짓이야!"

유일석은 민망함에 장석의 멱살을 잡았지만 그마저도 장석의 힘에 곧장 풀려 버렸다.

그냥 보고 있는 것만으로도 웃긴 상황이었다.

웃음의 허들이 낮은 고유준은 벌써 저 구석에서 바닥을 구르며 폭소하고 있는 중이다.

"아무튼 현우 씨, 아니 힉, 유준 씨 일어나세요. 의상 입고 바닥에 구르시면 안 됩니다!"

유일석의 말에 맞춰 장석이 고유준을 안아 일으켜 세웠다.

고유준도 근육이 있어 꽤 무거운 편인데 그걸 저렇게 가볍게 일으켜 세우다니, 역시 연예계 대표 헬스인답다.

난 이 광경을 보고 있다 말했다.

"그런데 진짜 여기는 무슨 일로 오셨어요? 타 방송국인데 이래도 돼요?"

진짜 걱정돼서 물은 것인데, 방송국이 다른 것쯤 이 베테랑들에게는 그다지 신경 쓸 게 아닌 모양이다.

"에이, 괜찮습니다. 자잘한 것들은 신경 쓰지 마세요. 아무튼 저희가 여기 온 이유가 있습니다."

두어 차례의 상황극이 끝나고서야 드디어 〈플라잉맨〉이 이곳에 온 이유를 들을 수 있었다.

멤버들이 모두 제자리에 서자 한부준 PD가 말했다.

-〈플라잉맨〉 새로운 멤버를 찾아라! 레이스, 두 번째 출연자는 바로 크로노스 서현우 씨입니다. 일석 씨, 현우 씨에게 공식 질문 해 주시죠.

난 한부준 PD의 말을 듣고서야 〈플라잉맨〉이 등장한 정확한 이유를 알 수 있었다.

고성철의 하차로 비어 버린 〈플라잉맨〉 고정 출연자의 자리. 아마도 〈플라잉맨〉 이번 레이스 주제가 고정 출연자를 구하는 그런 내용인 모양이었다.

"네, 그럼 현우 씨, 질문하겠습니다."

"아, 옙."

난 상황 파악을 끝내고 진지한 유일석을 따라 진지한 표정을 지었다.

뒤에선 고유준과 진성이가 흥미진진하게, 대기실 밖에선 주한 형과 윤찬이가 숨어서 나를 지켜보고 있었다.

"현우 씨, 〈플라잉맨〉 고정 출연자의 자리를 받아 주시겠습니까!"

"쉽게 오는 기회가 아니에요. 현우 씨, 알죠?"

"〈플라잉맨〉 고정 출연하면 적어도 연금은 만들 수 있다고!"

유일석의 질문에 맞춰 〈플라잉맨〉 출연진이 말을 덧붙였다.

"자! 현우 씨의 선택은? YES or NO!"

'따단 딴따단!' 하는 비장한 BGM이 나올 것만 같은 멘트였다.

난 그에 맞춰 심각하게 고민하는 척 뜸을 들였다.

주한 형 뒤에서 이곳을 지켜보는 매니저 형을 바라보니 하고 싶은 대로 선택하라는 신호를 보내왔다.

역시 인기 있는 방송은 다르긴 하구나. 정해진 것 없이 정말로 출연 의사는 즉석에서 정해지는 모양이었다.

"자, 현우 씨, 심각하게 고민하고 계십니다만……."

"근데 이건 할 수밖에 없어. 솔직히 어떤 방송인이 여기 안 나오고 싶겠어?"

"그건 맞다. 아까 첫 번째 레이스 때도 게임에서 져서 불발이었지, 진짜 하고 싶어 하셨잖아요."

출연진은 계속해서 떠들어 대며 내가 고민할 시간을 만들어 주었다.

그래, 이런 기회 흔치 않다.

"결정했습니다."

그래도 한 번쯤 용기가 필요하긴 해.

"오오! 좋습니다."

유일석이 호들갑을 떨다 다시 비장한 얼굴로 물었다.

"현우 씨의 대답은?"

난 유일석의 얼굴만큼 비장하게 대답했다.

"거절하겠습니다."

"……응? 이번에도?"

거절할 용기가.

"아니, 왜! 왜요!"

"도대체 왜?"

"와, 어떻게 거절하지?"

"현우 씨, 이럴 땐 거절 이미지 안 지켜도 돼요!"

〈플라잉맨〉 출연진은 내 거절에 대해 충격받았다는 리액션을 취했다.

난 어색하게 웃으며 고개를 저었다.

"그게 아니고요, 하하……. 저번에도 같은 이유였는데, 저희 아직 신인이니까 아직 그룹에 집중하고 싶어요."

아까 두 번째 레이스가 나라고 하는 걸 보면 나 말고도 고정 출연자 후보는 많은 듯했다.

그래서 더 거절하기 편했다.

난 가수가 하고 싶은 거지 예능으로 유명해지고 싶은 생각은 없으니까.

그룹이 잘되고 있으면 굳이 고정 출연자로 들어가 그룹에 할애할 시간을 분배하지 않아도 상관없지 않은가.

"역시 인기 아이돌은 다르구나. 그룹에 집중하고 싶어요라니, 겁나 멋지잖아!"

출연진도 납득하는 분위기고. 내가 거절함으로써 촬영도 곧 종료되겠지. 그거면 됐다.

마무리 멘트까지 예의 바른 미소를 띠고 있을 때였다.

"자!"

유일석이 분위기를 전환하듯 손뼉을 쳤다.

"그럼 게임 시작하겠습니다!"

"……선배님, 끝난 거 아니었어요?"

내가 당황하며 팔을 붙잡고 묻자 유일석은 특유의 장난스러운 얼굴로 고개를 저었다.

"설마요! 저희가 이렇게 귀한 분들을 모셔 두고 질문만 하고 갈 수 있나요. 현우 씨는 고정 출연 제안을 거절하시고 싶어 하셨습니다. 그렇죠?"

거절하시고 싶어 했다? 그냥 거절했다도 아니고, 끝맺지 못한 저 애매한 문장은 뭐야.

여러모로 의문스럽긴 했지만 일단 고개를 끄덕였다.

"네."

그에 맞춰 한부준 PD가 말했다.

-그럼 현우 씨께 출연 섭외 거절권을 건 오늘의 게임, 말씀드리겠습니다.

"출연, 섭외 거절권요?"

아니, 출연권도 아니고 섭외 거절권은 또 뭐야.

억지스러운 게임 상품에 어이없어 헛웃음을 내는 동안 마치 다 계획되어 있었다는 듯 대기실 안으로 테이블이 들어왔다.

긴 테이블엔 평범한 만두가 놓여 있었다.

황당함에 한부준 PD를 바라보았으나 그는 유일석의 투덜거림을 무시하듯 내 표정을 덤덤하게 무시하고 말을 이었다.

-오늘의 게임 '앗매워 고추냉이 만두를 피해라!' 총 열 개의 만두 중 정상적인 만두는 총 다섯 개입니다. 현우 씨께서 정상적인 만두를 골라 드신다면 〈플라잉맨〉 섭외를 거절할 수 있는 거절권을 드리도록 하겠습니다.

Chapter 8-1.

교체

'고추냉이 만두'라는 단어를 듣는 순간, 머리가 빠르게 돌아갔다.

새로운 멤버를 찾는 레이스. 내가 두 번째 출연자.

하지만 매니저 형이 미팅도 없이 출연을 받아들이든 말든 내 결정에 따른다는 신호를 보내는 걸 보면 레이스 이름이 〈고정 출연자를 찾아라〉인 것뿐이지 진지하게 임해도 진짜 고정 출연자로 쓸 생각은 아닌 듯했다.

아무래도 출연자 중 화제의 인물 정도로 출연하게 된 모양인데.

그럼 고추냉이 만두는 출연이 돼도 안 돼도 상관없는, 재미만 있으면 되는 그런 게임인 거 아닌가?

황당한 얼굴로 유일석을 바라보자 유일석은 특유의 미소를 짓고 고개를 끄덕이며 날 다독거렸다.

"하하! 우리 현우 씨가 지금 엄청 당황하셨네. 이런 방송 처음 보죠? 저희도 그래요."

"예? 네……."

당연히 황당하지. 라이브 직전에 고추냉이를 먹을 위험에 처했는데.

난 테이블 위 만두들을 바라보았다. 〈플라잉맨〉 멤버들은 내 기가 찬 표정을 가지고 놀리거나 토크를 이어 나가고 있었다.

"자! 현우 씨 도전하시겠습니까!"

"확률은 어차피 반이야. 도전해 봐요."

"맞아. 에이, 고추냉이 들어간 만두 찾는 게 더 어렵겠다."

출연진이 게임을 치르는 쪽으로 분위기를 몰아갔고, 신인인 나는 거절하지 못하고 꼼짝없이 해야만 하는 상황. 멤버들은 걱정스러운 표정으로 노심초사 날 바라보고 있었다.

"그런데 이거 고추냉이 들어간 거 먹어도 티 안 내면 통과인가요?"

내가 말하자 우석과 다다가 고개를 끄덕이며 감탄사를 내뱉었다.

"이 친구 예능을 좀 아는구먼."

"참을 수 있으면 그건 통과지. 그렇지 않아요, 형?"

"그렇죠. 만약에 우리 현우 씨가 고추냉이 든 만두를 먹고 태연한 척 연기를 한다! 그러면 인정하도록 하겠습니다."

사실 허수인 질문이었다. 확률은 반반, 예능 목적이라면 무엇이 걸리든 상관없고 난 라이브 전 고추냉이를 먹을 생각이 없다.

피할 수 없다면.

원하는 대로. 확실히 리액션해서 한부준 PD가 좋아할 만한 분량이라도 뽑는 거다.

"이제 현우 씨! 출연 섭외 거절권을 둔 만두 선택 시간이 다가왔습니다."

"네."

"모쪼록 신중하게 고르시길 바랍니다."

"라이브 해야 하니까 조금만 먹어."

뒤에 선 주한 형이 내가 만두를 집기 전 다급히 속삭였다. 난 뒤돌아 미소로 주한 형을 안심시키곤 차이가 전혀 나지 않는 만두 중 하나를 골랐다.

"현우 씨, 준비되셨습니까!"

"네!"

그리고 망설임 없이 만두를 입에 넣었다.

"헉? 그걸 한입에 넣어?"

주위의 경악 소리, 특히 주한 형이 기겁한 목소리가 들렸다. 그리고 입에 넣자마자 퍼지는 알싸한, 아니 그것만으론 표현할 수 없는 고추냉이향.

에이 씨, 나는 꽝손이었다.

"……후흡!"

난 알싸함을 느끼자마자 씹으려던 입을 멈췄다. 그리고 울먹였다.

아직 입안에 가득 찬 고추냉이 만두가 강렬함을 뽐내기 전, 내가 입을 막으며 울먹이자 〈플라잉맨〉 출연진이 빠르게 리액션하기 시작했다.

"현우 씨 우는데?"

"한 PD! 그냥 하는 말이 아니고 진짜 이러다 욕먹어요!"

"괜찮아요?"

난 입을 꾹 다문 채 고개를 저었다.

"서현우, 울어?"

고유준이 걱정스럽게 물었다.

아니 안 울어. 아직 제대로 씹지도 않았어. 내가 손을 휘저으며 휴지 찾는 시늉을 하자 곁에 있던 우석이 빠르게 휴지를 건네주었다.

라이브를 위해. 그러면서도 예능을 대충 한다는 소리 듣지 않기 위해.

나이가 들면서 늘어난 건 잔머리뿐이니.

휴지엔 고스란히 형태조차 망가지지 않은 만두가 내뱉어졌다.

입안엔 알싸함만이 남아 있었다.

그런데 어라? 왜 눈물이.

"어우……."

-현우 씨, 실패!

"아이고! 현우 씨 〈플라잉맨〉 출연하셔야겠네!"

"현우 씨 출연 확저엉!"

그냥 잠깐 입에 담고 있었던 것뿐이라 그다지 맵지도 않았는데 그게 곧장 코를 자극한 모양이다.

내 눈에서 눈물이 떨어지자 멤버들이 놀라며 우르르 다가왔다.

"아이고오, 현우야."

주한 형이 '아이고'를 연발하며 뚝뚝 흐르는 내 눈물을 닦아 주었다.

"물 가지고 올까요, 형? 괜찮아요?"

"서현우 안 괜찮은데?"

"윤찬아, 복도 오른쪽에 정수기 있거든? 물 좀 받아 와 줄래?"

"괜찮아. 진짜 괜찮은데."

눈가가 뜨끈해지긴 했지만 타격은 없었고.

"역시 멤버들끼리 사이좋다. 멤버들이 현우 씨 잘 챙겨 주네."

다다가 말했다.

한부준 PD는 내가 조금 진정된 듯 보였는지 말했다.

―현우 씨가 출연 섭외 거절권 미션을 실패하셨기 때문에, 현우 씨는 〈플라잉맨〉이 섭외를 했을 시 거부할 수 없게 됩니다. 그럼 다음 장소로 이동하실까요?

"현우 씨, 우리가 다음 게스트까지 만나고 다시 찾아올게요!"

"아무튼 현우 씨 정말 고생하셨습니다! 우린 어째 크로노스분들 볼 때마다 매번 죄송할 일만 만드는 것 같아!"

"크로노스님들 첫 방송에 우리 같은 방송 만나게 해서 죄송하네요. 증말!"

"아니요. 괜찮습니다, 선배님! 감사합니다!"

정말 짧은 출연이었다. 그래도 다행이라고 해야 할지. 이번 회 차 게스트가 많은 만큼 그들은 게임이 끝나자마자 즉시 촬영을 정리하고 대기실을 나섰다.

"야, 물 마셔. 물."

"형, 얼마나 맵길래 그래?"

난 고개를 저었다.

"라이브 해야 해서 고추냉이인 거 느끼고 씹지는 않았어. 그래도 매워. 눈물은 나더라."

"현우 목 다 상할 뻔했네. 그런데 인현 형, 이거, 고추냉이 알고 있었어요?"

주한 형은 단단히 화가 나 있었다. 매니저 형은 당황하며 주저거렸다.

"아, 알고는 있었는데, 그, 원래는 무대 끝나고 오는 거라고 했다가 일정이 좀 당겨졌다고 연락받았어."

"우린 현우 〈플라잉맨〉 촬영한다고만 들었는데요."

"……아니. 고추냉이도 알고 있었어요?"

고유준 또한 인상을 찌푸렸다.

"이건 진짜 아니지 않아요? 형. 메보 고추냉이 먹고 라이브 하면 어쩔 뻔했어요."

"이번엔 내가 크게 실수했어. 미안하다."

주한 형이 내가 들고 있던 찬물을 미지근한 물로 바꿔 주었다.

"안 먹었어도 아까 우는 거 보니까 걱정되네. 물 많이 마셔."

다들 최대한 가려서 말하고는 있지만 이건 매니저 형이 실수하긴 했다. 이전에도 성 과장님 등에게 일정 관련해서 몇 번 주의를 듣더니.

"됐어. 이제."

난 잔뜩 화가 난 주한 형을 달래고 목을 가다듬었다.

대기실에 휘몰아치던 〈플라잉맨〉과 만두의 여파가 가라앉았을 때쯤 무대 스태프가 대기실 문 사이로 고개를 내밀었다.

"크로노스, 이동하실게요!"

그와 동시에 다시 긴장감이 맴돌고 멤버들은 의상을 다듬으며 무대 뒤로 이동했다.

"군무가 중요했던 〈퍼레이드〉랑 분위기부터 다른 거 알지? 표정 여유롭게 편안한 느낌으로 웃으면서. 카메라랑 함께 걷는 부분이 많지만 관객들 챙기는 것도 잊으면 안 돼."

"네!"

주한 형이 멤버들을 둘러보고 손을 내밀었다. 멤버들이 주한 형의 손 위로 차곡차곡 손을 올렸다.

"우리!"

"잘하자!"

―아무데도 안 갈 거예요! 이런 더운 날씨엔 역시 집이 최고야! 에어컨 틀고 침대에 누워서! 크으…….

MC들이 진행하는 동안 우린 무대로 나가 각자의 자리로 향했다.

등장과 동시에 팬들의 환호가 들렸다. 난 그들에게 가볍게 손을 흔들어 주고 다시 목을 가다듬었다. 절대 실수 안 하도록.

카메라가 무대로 들어와 의자에 앉은 이진성을 앵글에 담았다.

―의지 씨, 지금 이해 안 된다는 표정인데요! 이분들의 곡을 들으면 제말 이해하실 수 있으실걸요?

―그분들이 누군데요?

–크로노스가 부릅니다! 〈블루 룸 파티〉.

MC들의 소개가 끝났다. 그와 동시에 팬들의 환호 소리는 더욱 커지고 곧 〈블루 룸 파티〉가 시작되었다.

시원한 세트, 옅은 푸른색의 조명, 마치 SNS에서나 볼 법한 분위기 있는 공간에서 이진성이 카메라와 눈을 맞춘 채 첫 소절을 시작했다.

매우 자유롭고 편안했던 분위기의 무대. 곡도 그러했고 멤버도 그러했다.

첫 방송이라고 열심히 컨디션 관리했던 것이 그놈의 만두 때문에 물거품이 돼 마음은 불편했지만, 대기실에서 그 난리를 쳤던 만큼 안정적인 목소리가 나와 정말 다행이었다.

〈퍼레이드〉보다 관객석의 팬들과 눈을 맞출 기회도 많았고, 카메라에 대고 하는 표정 연기도 다들 많이 늘었다.

우린 별 무리 없이 무대를 마무리할 수 있었다.

그리고 돌아온 1위 발표의 시간.

이제 막 컴백한 솔로 가수와의 1위 경쟁.

그러나 상대가 컴백한 지 하루밖에 지나지 않았기도 하고 〈블루 룸 파티〉가 음원 점수에서 거의 깡패 수준이라.

"1위는 크로노스! 축하드립니다!"

〈블루 룸 파티〉가 첫 무대 만에 1위를 하는 쾌거를 누렸다.

〈퍼레이드〉가 5주 만에 겨우 1위 했던 것을 생각하면 정말 우리에겐 말도 안 되는 기록이었다.

"형, 축하해!"

고유준이 곧바로 주한 형의 어깨를 흔들어 댔다.

우린 자작곡으로 첫 1위를 한 주한 형에게 영광을 돌리며 받은 트로피와 꽃다발을 모두 넘겨주고 뒤로 물러섰다.

"고유준 너도 가사 썼잖아. 소감 말해야지."

난 고유준을 주한 형 옆으로 밀어 보냈다.

주한 형과 고유준은 민망한 듯 조금 당황하더니 금방 적응하고 마이크를 들었다.

"정말 너무 감사합니다. 〈퍼레이드〉 때 힘주고 했으니까 후속곡은 조금 편하게 관객분들과 즐길 수 있는 무대를 보이고 싶은 마음이었는데요. 원했던 대로 많은 분들이 〈블루 룸 파티〉를 즐겨 주시고 들어 주셔서 너무 기쁩니다. 감사합니다."

고유준이 주한 형에게서 마이크를 넘겨받았다.

"저희 YMM 식구분들, 매니저 인현 형, 스타일리스트분들, 무엇보다 우리 고리 여러분."

"꺄아아아아악!"

"축하해!"

나와 박윤찬이 두 사람의 뒤에서 손을 흔들었다.

"정말 매 곡 소중히 들어 주시고 아껴 주셔서 너무 감사합니다. 사랑합니다!"

–네, 크로노스 정말 축하드리고요. 〈뮤직케이스〉는 다음 이 시간에 찾아뵙도록 하겠습니다. 감사합니다!

곧 앙코르 〈블루 룸 파티〉가 무대에 울려 퍼지고 진행자와 출연진이 모두 무대 밖으로 이동하기 시작했다.

"축하해요."

"축하드립니다."

"감사합니다! 선배님!"

우린 무대 뒤로 들어가는 선배님들께 허리를 숙여 연거푸 인사하고 관객석을 돌아보았다.

우리의 〈블루 룸 파티〉 첫 1위를 축하하는 팬들이 열정적으로 환호를 보내 주고 있었다.

"감사합니다!"

고유준이 무대 뒤에서 지켜보던 진성이를 업어 데려왔다.

팬들의 환호성은 커지고 이진성을 업은 채 둥가둥가를 반복하며 〈블루 룸 파티〉의 앙코르가 무사히 마무리되었다.

그리고 오늘의 남은 스케줄은 하나.

줄곧 준비하던 레나 선배님의 라디오 출연뿐이었다.

"둘, 셋! 안녕하세요! 크로노스입니다! 잘 부탁드립니다!"

"어어! 크로노스!"

우린 최대한 밝게 인사했다. 다운된 분위기를 라디오에서까지 티 낼 수 없지.

"어서 와요. 아까 들었어요. 1위 축하해요."

"감사합니다! 오늘 잘 부탁드립니다."

라디오는 2부 전 광고가 나가고 있는 중, PD님과 주한 형, 매니저 형이 짧게 대화를 나누고 우린 부스 안에서 반갑게 손을 흔드는 레나 선배님에게 활짝 웃으며 인사했다.

"텐션은 평소보다 높게, 대본은 있는데 꼭 대본대로 할 필요 없고 진행만 잘 맞춰 주세요."

"크로노스 들어갈게요."

"네!"

우린 부스 안으로 들어가며 한번 더 레나에게 인사했다.

"선배님, 오늘 잘 부탁드립니다!"

"오랜만이야! 크로노스 활약 잘 보고 있어요. 잘될 줄 알았어!"

레나는 활기차게 말하며 라디오 정면 카메라를 가리켰다.

"카메라에 한번 인사해 줘."

레나의 말에 고유준이 날 끌고 카메라 앞으로 향했다.

"야, 사이좋은 척하자."

"사이좋은 척, 그게 뭐야."

난 픽 웃으며 고유준과 함께 카메라에 손을 흔들었다. 그러자 뒤에서 주한 형과 윤찬이가 90도로 허리를 숙여 카메라에 정중히 인사했다.

"뭐야? 공손하네?"

"우리가 뭐가 돼!"

그 모습을 본 나와 고유준 또한 뒤늦게 고개를 숙였다.

그러자 지켜보고 있던 레나가 키득거렸다.

"예능도 출연하고 하더니 이제 카메라 앞에서도 긴장 안 하네?"

"긴장은 하는데 조금 편해지긴 했어요, 하하. 얘들아, 이제 자리에 앉아."

주한 형이 말했다. 부스 밖 PD님이 곧 광고가 끝난다는 신호를 보내고 우린 자리에 앉았다.

"음, 으흠. 아."

목도 풀고 방송에 임할 각오도 하고, 곧 2부 시작 안내 음성과 함께 방송이 시작되었다.

-여러분, 오늘 누가 왔는지 아세요? 무대면 무대 예능이면 예능, 최근 방송계를 휩쓸다 못해 씹어 먹고 있는 괴물 신인! 바로 오늘! 첫 음악방송 1위 트로피를 따내고 당당히 자리 잡은 그들! 헤이, 굳이 멀리 나갈 필요 없어. 바다? 여름? 야외? 난 에어컨! 크로노스분들을 모셨습니다!

"둘, 셋! 안녕하세요! 크로노스입니다. 잘 부탁드립니다!"

-반갑습니다! 우리 크로노스. 1부부터 많은 팬분들이 여러분들을 기다리고 있었어요. 우선 1위 축하드립니다!

"감사합니다."

—바쁜 나날들을 보내고 계시는 중인데 요즘 잠은 잘 주무세요?

"네, 후속곡 준비하는 동안 충분히 쉬고 잠도 잘 자서 컨디션 매우 좋습니다."

—다행이에요. 방송 하다 보면 많은 분들이 활동 기간 중 제대로 잠을 못 자고 그러잖아요. 특히 이제 막 데뷔하신 분들이니까 선배로서 걱정이 많이 되더라고요. 또 우리 팬분들도 그러실 테고.

"아이, 감사합니다. 건강도 확실히 챙기고 있으니까 걱정하지 마세요. 정말입니다!"

주한 형이 말했다. 활동 기간에는 컨디션 회복을 거의 포기하고 지내기는 했지만, 오늘도 고추냉이를 먹을 뻔했지만, 그래도 〈블루 룸 파티〉 공식 활동 전까진 그럭저럭 컨디션을 챙기긴 했다.

—우리 크로노스분들이랑은 데뷔 전부터 인연이 있었잖아요? 그때부터 워낙 잘했던 분들이라 언제나 무대 챙겨 보고 응원하는 중입니다.

우리는 한동안 근황 토크를 이어 나갔다. 레나와는 〈픽위업〉에서부터 〈퍼레이드〉까지 인연이 있었던 터라 서로에 대한 기억을 푸는 것만으로 긴 토크를 이어 나갈 수 있었다.

—전 개인적으로 블루 룸 파티가 가장 제 취향이었어요. 처음 딱 듣자마자 '아, 이건 띵곡이다. 누가 만들었을까?' 했는데, 여러분, 알고 보니 이 곡 우리 리더 주한 씨가 작곡한 곡이라고 하더라고요.

주한 형이 민망해하면 고개를 끄덕였다.

"네. 예상외로 정말 많은 분들이 사랑해 주셔서 놀랐어요."

–저는 처음부터 예상하고 있었어요. 그도 그럴 게 너무 좋은걸요. 이게 본격적으로 코너에 들어갈 텐데요. 크로노스가 온다는 소식을 듣고 많은 분들이 레뜨라에 메시지를 보내 주셨어요. '크로노스에게 뭐든지 물어봐!' 주한 씨가 읽어 주세요.

그 순간 테이블 위 모니터에 주한 형이 읽을 메시지가 떴다.

제 최애 주한 님 언제나 지켜보고 응원하고 있습니다. 평소 어떤 상황에서도 멤버를 우선으로 챙기는 듬직한 리더의 모습을 보이고 있으신데 방송에서의 모습 말고 멤버들이 생각하는 주한 씨는 어떤 사람인지 궁금해요!

–오오, 평소에 우리 주한 씨가 늘 어른스러운 모습만 보여 주다 보니 평소의 모습은 어떤지 궁금하다는 메시지였는데요. 일단 주한 씨는 쉿! 크로노스 여러분, 주한 씨는 어떤 사람인가요?

주한 형을 제외한 멤버들은 일제히 "으음-." 하며 능글맞은 소리를 냈다.

주한 형이 어깨를 으쓱였다.

"왜? 딱히 다른 거 없을 텐데?"

–주한 씨는 쉿! 조용히 해 주시고요.

그때 한참 간을 보던 고유준이 말했다.

"주한 형 평소에도 되게 믿음직한 형이에요. 딱히 방송이랑 다른 건 못 느끼겠는데 평소엔 좀 더 예민하고 머리 좋은 사람? 혼낼 때는 무섭지만요."

윤찬이가 동의하며 말했다.

"맞아요. 아닌 척 멤버들 아껴 주고. 연습생 시절부터 리더였는데 그때부터 본인 불만은 꾹 참고 멤버들 불편한 거 있으면 미움받아도 회사에 대표로 이야기해 주고 그런 형이에요."

—역시! 우리 주한 씨, 멤버들이 주한 씨를 굉장히 신뢰하고 있네요. 역시 이러니 리더를 하는 거겠죠?

그 외에도 우린 주한 형에 대해 유독 진성이가 자주 혼난다거나 은근히 이중적인 모습이 있다거나 잠꼬대가 심하다거나 등등 우린 눈치를 보면서도 여러 가지 고발을 해 댔다.

"그래도 저는 주한 형 사랑해요."

"주한 형 아니면 누가 리더를 할까요?"

"형, 사랑해요."

—네 네! 이제 와서 무마하려고 멤버들이 애쓰고 있습니다. 어쨌든 주한 씨는 멤버들에게 사랑받는 듬직한 맏형인 것으로! 다음 메시지는 현우 씨가 읽어 주실까요?

"네!"

모니터의 메시지가 바뀌었다.

난 차분히 메시지를 읽어 나갔다.

안녕하세요! 데뷔 전부터 열렬히 크로노스를 사랑하는 40대 고리입니다! 정말 우리 크로노스가 점점 성장하는 모습을 볼 때마다 마음이 뿌듯해지곤 해요! 얼마 전 유준 씨와 현우 씨의 라이브 방송에서 윤찬 씨 진성 씨 성적 이야기가 나온 뒤 문득 궁금해졌는데요. 유준 씨와 현우 씨의 학교생활은 어땠나요?

—오오! 두 분의 학창 시절! 제가 알기론 유준 씨랑 현우 씨는 검정고시를 보신 걸로 알고 있거든요. 고등학교는 1학년까지 다녔다고 했던가요?

"네, 같은 학교 같은 반이었어요."

"심지어 짝꿍이었어요."

—이야, 인연이 깊네요. 기억에 남는 추억 같은 거 있어요?

"다른 것보다 아침마다 전쟁 치른 것만 기억나요."

내 말에 고유준이 질린 표정을 지으며 말했다.

"아, 맞아요. 그땐 주한 형도 그렇고 연습생 대부분 학생들이니까 아침마다 숙소 여기저기서 알람 울리고 못 일어난 사람 깨우고. 한꺼번에 들어가서 샤워하고 난리였어요. 어우."

"모두 새벽까지 연습했으니까 학교에서도 비몽사몽이고. 그때 하도 일어나는 게 힘드니까 유준 씨랑 저랑 둘이서 늦게 일어나는 사람이 매점 쏘기 그런 것도 했던 것 같아요."

지각은 하기 싫고 새벽까지 연습했으니 일어나기는 힘들고. 그래서 결국 둘이서 그런 내기를 하며 서로를 깨워 주곤 했다. 그래 봤자 학교에서 곯아떨어졌지만.

"아, 갑자기 생각났는데 그 와중에 주한 형은 부지런히 일어나서 제대로 성적 받아 왔었지 않아요?"

내가 말하자 레나가 눈을 동그랗게 뜨고 주한 형을 바라보았다.

ㅡ주한 씨는 공부 잘하셨나 봐요?

주한 형이 기세등등하게 말했다.

"고 3 때는 조금 떨어지긴 했는데 그 전엔 계속 1등이었어요."

ㅡ세상에, 대단하네요.

"대단한 게 고 3 때 다른 연습생들보다 빨리 일어나서 새벽 등교하고 연습하고 거의 완벽한. 그런."

멤버들이 돌아가면서 메시지를 읽고 토크하기를 반복했다. 뭐든 잘 받아 주는 레나 선배님의 진행 덕분에 점차 긴장이 풀리고 조금씩 대화가 물이 오를 때, 모니터에 코너를 마무리하라는 메시지가 떴다.

ㅡ청취자 여러분들의 다양한 메시지를 읽어 봤는데요. 이제 슬슬 다음 라이브를 들어 볼 시간이 되었습니다. 오늘은요, 무려 무려! 크로노스 여러분들께서 솔로 커버곡을 준비해 주셨습니다!

레나의 멘트에 솔로곡을 준비한 멤버들이 일제히 각자 전의를 다듬었다. 틈틈이 김진욱 파트 랩을 준비하는 이진성 또한 입술을 잘근 깨물며 긴장했다.

처음으로 대중에게 선보이는 솔로곡. 심장이 크게 뛰어 댔다.

ㅡ그럼 누구부터 할까요? 우리 현우 씨부터! 현우 씨는 얼마 전 공개

한 솔로곡 〈원스 어겐〉을 준비하셨죠? 간단한 소개 부탁드립니다!

첫 타자는 나였다.

"〈원스 어겐〉은 우리 리더 주한 씨가 작곡하고 제가 가사를 맡은 제 첫 솔로곡입니다. 같이 〈픽위업〉에 출연했던 진욱 씨가 랩 가사와 피처링을 맡아 주었어요."

–주한 씨가 만든 첫 솔로곡으로 알고 있어요. 혹시 왜 현우 씨에게 첫 곡을 주었는지 알 수 있을까요?

주한 형이 말했다.

"현우가 10년 정도 연습생 생활을 했고 제가 8년 했는데 그동안 줄곧 곁에서 보게 되잖아요. 현우 씨가 10년간 얼마나 열심히 노력해 왔는지."

–10년이요? 연습 기간이 되게 길구나. 그 정도면 정말 간절해야 버틸 수 있는 기간이잖아요.

"네, 그래서 현우는 꼭 데뷔했으면 좋겠다고 줄곧 생각하고 있었어요. 그러다 같이 데뷔하게 됐고, 축하하는 의미로 현우한테 제일 먼저 선물했습니다."

–참, 예전부터 느꼈지만 크로노스는 멤버들 간의 우애가 깊어요. 가사도 참 많은 청춘들에게 위로가 되겠다 생각했는데 현우 씨가 썼다니 또 의미가 더 와닿습니다.

내가 말했다.

"연습생 생활을 하면서 느꼈던 많은 감정들을 가사에 담았습니다. 또 진욱 씨가 랩으로 많이 도와주셨기도 하고요."

—좋습니다. 오늘은 진욱 씨 대신 막내 진성 씨가 피처링을 담당해 주셨고요. 이제 들어 보도록 할까요?

나와 진성이가 스탠드 마이크 앞으로 이동했다.

—현우 씨와 진성 씨가 부릅니다. 〈원스 어겐〉.

레나는 깍지 낀 손등에 턱을 올린 채 서현우를 바라보았다.

헤드셋을 끼고 마이크를 만지작거리는 모습이 꽤나 침착했다.

“콜록. 음음.”

이따금 콜록거리는 걸 보면 목 관리는 제대로 못 한 듯하긴 하지만 그래도 기대되었다.

박윤찬과 더불어 레나가 가장 좋아하는 유의 정적이면서도 힘 있는 목소리.

이전 〈픽위업〉 때도 느꼈지만 메인 보컬 아니랄까 봐 서현우의 노래는 거슬림 없이 가장 듣기 편한 발성이었다.

곧 〈원스 어겐〉의 전주가 흘러나왔다.

서현우는 크게 한번 심호흡하고 노래를 시작했다.

발 디딜 곳은 있는 걸까
설 곳이 없는 건 아닐까
문득 불안이 스며들어

"……오오."

한숨에 끌어당기는 음색.

라이브도 역시.

〈픽위업〉이나 크로노스의 곡에서는 서현우의 보컬을 제대로 들을 기회가 없었다.

파트도 나뉘어 있거니와 노래에 맞춰 목소리를 바꾸곤 하니까.

제대로 들어 보는 서현우 혼자만의 라이브.

레나가 눈을 감으며 살며시 미소 지었다.

'어떻게 이렇게 안정적일까.'

목 컨디션이 별로인 듯 힘이 들어가긴 했지만 깔끔하면서도 박윤찬보다는 낮고 거친 음색인데 그것이 너무도 감미롭게 느껴졌다.

달라질 것 없는 현실이라도
난 또 떠오르는 아침을 보며
중얼거려 본다
한번 더, 한 번만 더

거기다 가사 또한 잘 몰입할 수 있도록 잘 써 주었다.

쉼 없이 쏟아지던 청취자들의 메시지 또한 잠시 속도가 둔해졌다.

무너지고 힘들어도 몇 번이나 일어서는 무딘 청춘들을 위로하는 곡.

적어도 레나는 이 곡을 매우 높이 평가했다.

'그룹으로 있기엔 아까운 보컬이다.'

언젠가 꼭, 이런 라디오가 아니라 많은 사람들이 다 알도록 써먹었으면 좋겠다는 생각이 들었다.

레나가 서현우의 노래에 대한 감상에 젖어 있는 동안, 곡은 절정에 다다르고 어느새 그의 파트가 끝이 나 이진성의 랩 파트가 시작되었다.

이 악물고 노력해도 소년의 희망은 짓밟히네

뭣 하나 뜻대로 되지 않아

사방이 막혔어

사방에 적이야

아직 랩에 익숙지 않은 티가 났지만 크로노스에서 고유준과 함께 랩 파트를 나눠서 하는 이진성답게 불편함 없을 정도로는 잘 소화했다.

목소리 자체가 랩을 해야 하는 김진욱과 비교는 되겠지만 그렇다고 부족하지는 않았다.

레나는 그 순간 스튜디오 분위기가 온화하게 바뀌어 가는 것을 느꼈다.

옆에 서 있는 서현우, 그리고 앉아서 그들을 지켜보고 있던 멤버 모두가 하나같이 같은 얼굴로 이진성을 기특하게 쳐다보고 있었다.

마치 한참이나 어린 막둥이 동생의 걸음마를 지켜보는 것 같은 흐뭇함.

심지어 서현우는 곁에서 고개를 까딱이며 이진성의 박자를 맞춰 주고 있었다.

이진성은 자연스럽게 서현우와 눈을 맞추며 랩을 이어 나갔다.

'……이거 뭐지?'

레나가 갑자기 벅차오르는 자신의 가슴에 이상함을 느꼈다.

왜 여기서 흐뭇함을 느끼는 거지?

ㅡ멤버들 진성이 흐뭇하게 쳐다보는 것봐ㅜㅜㅜㅜ

ㅡ막내사랑은 멤버들로부터ㅜㅜㅜㅜ으어어우ㅜㅜㅜㅜ

ㅡ현욱ㅋㅋㅋㅋㅋㅋ진성이 박자 맞춰 주는거야?ㅋㅋㅋ악ㅋㅋㅋ귀여우ㅜㅜㅜㅜ

팬들 또한 레나가 느끼는 흐뭇함을 보이는 라디오를 통해 느끼고 있었다.

레나는 이전 〈픽위업〉 키워드 경연 때와 비슷한 미소를 짓다 빠르게 광대를 내렸다.

사심 내보이면 안 된다.

이러면 또 캡처돼서 온 아이돌판에 흐뭇해하는 얼굴로 떠돌아다니게 될 것이니까.

……이미 늦은 것 같긴 하지만.

이진성의 랩 파트가 끝이 났다.

서현우는 이진성에게 잘했다는 듯 씨익 웃어 주고 금방 감정을 잡았다.

괜찮을 거야

결국 긴 달리기의 끝에 결승선이 있을 거니까

괜찮아

시련 끝에 꿈은 이루어지니까

서현우가 마지막 소절을 부르고 절정에 달한 반주가 이어졌다. 서현우는 가만히 서 있다 노래가 끝나고서야 헤드셋을 벗었다.

멍하니 그들을 바라보고 있던 레나가 반차례 늦게 정면으로 몸을 돌렸다.

—네! 주한 씨 작곡 현우 씨 작사 〈원스 어겐〉이었습니다. 어우, 라이브로 들으니까 너무 좋네요.

자리로 돌아온 서현우가 의자에 앉으며 고개를 숙여 인사했다.

"감사합니다!"

–혹시 이 곡은 음원 발매가 되나요?

"으음, 아직 예정은 없는데, 기회가 있었으면 좋겠어요."

아무래도 이제 막 데뷔한 아이돌 그룹이 솔로곡 발매는 좀 어려우려나. 레나는 아쉬운 생각을 뒤로하고 진행을 이었다.

별로 마음에 들지 않는 라이브였다. 일단 역시 오늘 목을 많이 쓴 탓도 있고 간간이 기침을 해 댔더니 성대가 조금 거칠어졌다.

평소보다 힘이 들어가서 만족스러운 소리를 내지 못했다.

난 아쉬움을 뒤로하고 애써 표정을 풀었다.

–곡에 대해서 조금 더 질문을 드려 볼까 하는데요. 우리 진성 씨가 훌륭하게 소화해 주신 랩 부분, 원래는 U사 〈픽위업〉 출신의 김진욱 씨가 피처링해 주셨어요.

"네, 이전에 유닛 무대 같은 팀으로 인연이 있어서요. 이분이 랩을 되게 잘하셔서 부탁드렸더니 흔쾌히 해 주시더라고요."

솔직히 흔쾌히는 아니고 싫다는 거 억지로 끌어다 앉혀서 커피 기프티콘을 걸고 열심히 딜하긴 했지만.

–그때부터 계속 인연을 이어 나가고 계신 듯한데 피처링까지 맡아

주실 정도면 무척 친하신가 봐요?

"어, 그렇죠. 아무래도."

아니.

–랩 가사를 보면요.

레나가 가사표를 보더니 크으, 감탄사를 연발했다.

–이게 현우 씨에게 어지간한 애정을 가진 게 아니면 나올 수 없는 가사거든요.

"하하, 그런가요?"

3분 만에 대충 뽑아낸 가사라고 썩은 표정으로 말하긴 했지만.

–정말 아끼는 동생인가 봐요. 보기 좋네요. 언젠가 음악방송에서 두 분이 함께 부르는 모습도 볼 수 있었으면 좋겠네요.

"저도 그럴 기회가 있었으면 좋겠어요. 우리 진욱이 형 얼른 데뷔했으면 좋겠습니다."

앞으로 영영 이 곡으로 같이 라이브할 일을 없을 거라고 김진욱이 제 입으로 말하긴 했지만.

아니, 왜 우리 회사 사람들도 그렇고 다들 나와 김진욱이 친하다고 생각하는 거지?

내가 의문을 가지는 사이 레나는 진성이에게 질문을 이어 나가고 있었다.

–진성 씨 랩 너무 잘했어요. 크로노스에서도 보컬과 함께 랩 파트를 주로 맡고 계신데 역시! 믿고 듣는 크로노스입니다!

"감사합니다. 조금 급하게 맡기는 했는데 처음 나왔을 때부터 계속 들었던 터라 즐거운 마음으로 불렀어요."

–아까 청취자 여러분들 보셨는지는 모르겠는데 우리 크로노스 멤버들이 진성 씨 랩 할 때 얼마나 흐뭇하게 쳐다보고 있던지.

"아아, 저희가 그랬어요?"

레나의 말에 고유준이 당황하며 말했다.

–네! 정말 사랑 많이 받는 막내구나 생각했습니다.

〈원스 어겐〉에 대해 대한 토크가 마무리되고 다음으로 박윤찬의 차례가 되었다.

–윤찬 씨가 준비하신 곡은……. 어후, 저 진짜 너무 기뻐서 울 겁니다. 윤찬 씨는 제3집 수록곡 〈나에겐 밤이 없다〉를 준비해 오셨어요.

"네, 이전에 방송에서 편곡 버전으로 선보인 적 있었는데 개인적으로 너무 좋아하는 곡이라 한 번쯤 오리지널로 불러보고 싶었어요."

–저는 정말 무척이나 기쁩니다! 이전에도 정말 즐거웠는데, 제가 개인적으로 윤찬 씨 목소리를 되게 좋아하거든요.

"아아! 선배님, 정말 감사드립니다!"

윤찬이가 감격한 얼굴로 대답했다.

–또 곡이 윤찬 씨 미성과 굉장히 잘 어울릴 테니 기대하도록 하겠습니다.

"네!"

윤찬이가 스탠드 마이크로 향했다.

–그럼 윤찬 씨가 부릅니다. 레나의 〈나에겐 밤이 없다〉.

곧 중세풍의 웅장한 반주가 흘러나왔다. 박윤찬과 몹시 잘 어울리는 곡.

레나의 곡이지만 우리에겐 박윤찬의 곡으로 이미지가 박힌 곡이다.

편곡과는 다른 오리지널을 저 부드러운 목소리가 어떻게 살릴지. 난 잔뜩 기대하며 흐뭇하게 박윤찬을 바라보았다.

평소보다 한 톤 높은 박윤찬의 목소리가 가냘프게 곡을 소화했다.

최근 대폭 상승 중인 실력을 뽐내며 높은 음과 감정에 충실한 어려운 곡인데도 전혀 부족하지 않았다.

언제 저렇게까지 감정 표현이 늘었지? 내가 다 기특한 기분이 들 정도다.

하이라이트 고음에선 모험하지 않고 가성으로 처리한 것도 좋았다.

슬쩍 눈을 돌려 레나의 반응을 보니 레나 또한 매우 흡족한 모습이었다.

"우리 윤찬이 잘하네."

주한 형이 속삭였다. 나도 씨익 웃으며 고개를 끄덕였다.

"열심히 했으니까. 멋지네."

그렇게 윤찬이의 노래도 끝이 났다.

레나는 벌떡 일어서 박수를 보냈다.

윤찬이는 쑥스러운 듯 뒷목을 긁적이며 자리로 돌아왔다.

–정말, 너어무! 잘 불러 줬어요!

"감사합니다. 마지막 고음이 조금 아쉽긴 하지만-."

–에이, 무슨! 오히려 윤찬 씨만의 느낌이 잘 살아서 저는 너무 좋았는 걸요.

윤찬이는 쑥스러운 듯 웃었다.

–조금 더 이야기를 나눠 보자면 저는 처음 크로노스가 이 곡을 커버했을 때 다른 멤버들도 다 좋았지만 특히 우리 윤찬 씨를 눈여겨봤었어요.

"정말요?"

–약간 윤찬 씨의 대반전! 이런 느낌이었어요. 그 전까지는 실력이 잘 드러나지 않다가 한순간에 쭉쭉 앞으로 나오는데 그때의 기억이 머릿속에 딱 박혀서 아직 잊을 수가 없습니다.

윤찬이가 고개를 끄덕였다.

"사실 방송에서 곡 커버할 때 멤버들한테 되게 고마웠어요."

–멤버들에게 정확히 어떤 점이 고마웠나요?

"다른 멤버들은 워낙 잘하는 사람들이니까, 상대적으로 뭘 드러내야 할지 모르겠고 그랬었거든요."

–어머, 그랬었구나.

"멤버들이 선뜻 나서서 이 곡은 윤찬이 위주로 가자! 라고 해 줘서 정말 고마웠어요. 멤버들이 저한테 기회를 만들어 준 느낌이었어요."

–정말 다시 한번 말하지만 우리 크로노스는 정말 우애가 깊어요. 보

는 사람마저 기분 좋아지는 그런 게 있어요. 다음은 유준 씨.

"네엡!"

고유준이 힘차게 대답했다. 사뭇 긴장했던 나와 진성이, 윤찬이와는 다른 자신만만한 모습이었다.

—유준 씨의 선곡은 래디컬무드의 〈Blue night〉네요. 와 이 곡, 아는 사람만 아는 명곡이잖아요.

"네, 사실 연습생 시절 데뷔조 오디션 볼 때 불렀던 곡입니다."

—오오, 유준 씨에겐 굉장히 특별한 곡이겠네요.

"맞습니다. 개인적으로 너무 좋아하기도 하고 목소리랑도 잘 어울려서 언젠가 꼭 들려드리고 싶었던 곡이었어요."

"이 곡 현우 형도 되게 좋아하는 곡이에요."

진성이가 말했다.

—현우 씨도요?

나는 고개를 끄덕였다.

"되게 좋아해요. 원곡도 좋아하는데 개인적으로 유준 씨가 부른 버전을 너무 좋아해서 기회 있으면 불러 달라고 해요."

"오해 마세요. 딱히 불러 주지는 않았습니다."

고유준의 단호한 말에 스튜디오가 웃음으로 가득해졌다.

—현우 씨까지 좋다고 하시니 더욱 기대가 되네요. 그럼 한번 들어 볼까요? 유준 씨가 부릅니다, 래디컬무드의 〈Blue night〉.

고유준이 스탠드 마이크가 있는 곳으로 향하고 곧 곡이 시작되었다.

처음부터 낮게 깔리는 목소리, 천천히 쌓아 가는 감성. 난 눈을 감았다.

저 녀석, 내 친구지만 정말 너무 노래 잘 부른다.

레나 또한 멈칫 놀라더니 고유준을 돌아본 채 노래를 감상했다.

난 은근히 자랑스러움을 느끼며 미소 지었다.

고유준의 노래와 함께 라디오는 마지막을 향하고 있었다.

—네, 오늘 레뜨라 2부, 크로노스와 함께해 봤는데요. 크로노스 여러분들 어떻게, 즐거우셨는지 모르겠어요.

"어유, 물론이죠."

"너무 즐거웠습니다."

—저희도 너무너무 즐거웠습니다. 앞으로도 종종 만날 수 있었으면 좋겠어요. 우리 주한 씨가 대표로 청취자분들께 한마디 해 주세요.

"네, 우선 레뜨라에 저흴 초대해 주셔서 너무 감사합니다. 레나 선배님께서 편하게 잘 대해 주셔서 편하게 잘 말하다 가는 것 같습니다."

—하하, 감사해요.

"멤버 각자의 매력을 어필할 수 있는 좋은 시간이었어요. 정말 감사드리고 방금 라이브로 들려드렸던 저희 크로노스의 〈블루 룸 파티〉 정말 만반의 준비를 하고 열심히 만든 곡입니다. 꼭 한번 들어 봐 주셨으면 좋겠습니다. 감사합니다!"

–아이고? 말도 너무 잘해요. 내일 아침부터 또 바쁘게 활동하실 텐데요. 모쪼록 건강 잘 챙기시고 즐겁게! 활동 이어 나가시길 바라겠습니다.

"감사합니다!"

–너무 아쉽지만 이제 우리 크로노스 여러분들을 보내 드려야 할 시간이 왔습니다.

"아아……."

우리는 최선을 다해 아쉬운 티를 냈다. 사실 정말 우리를 이렇게 편하게 드러내게 해 줬던 방송이 없었던지라 끝나는 게 아쉬운 건 정말이었다.

레나는 표정으로 우리에게 맞춰 주며 계속 말을 이었다.

–크로노스 여러분들 감사합니다. 저희는 크로노스의 〈블루 룸 파티〉 듣고 다시 돌아오도록 할게요!

얼마 지나지 않아 〈블루 룸 파티〉가 재생되고 우린 끼고 있던 헤드셋을 벗으며 일어났다.

"선배님 감사합니다."

"정말 수고했어. 처음인데도 너무 잘하더라. 솔로곡도 완벽히 잘 소화해 줬고. 오히려 내가 고마워요."

"다 편하게 도와주신 덕분이에요."

주한 형과 멤버들이 레나와 대화를 나누는 사이 난 부스 밖으로 나가 매니저 형에게 미리 사인해 둔 앨범을 받아 가져왔다.

"선배님, 이거 저희 이번 앨범인데 받아 주셨으면 좋겠습니다."

"어어? 선물이야? 아이고 고맙습니다! 잘 들을게요. 카메라 찾는 것도 못하던 후배들이 이렇게 성장했다니 너무 기쁘네. 오늘 고생했어요!"

우린 레나 선배님과 카메라에 한 번씩 인사하곤 서둘러 부스를 나왔다.

스튜디오에서 지켜보고 있던 PD님과 작가님께도 마찬가지로 앨범과 짧은 인사를 나눈 후 우리의 첫 라디오 스케줄은 마무리되었다.

"오늘 너무 수고했다. 연습 빨리 끝내고 얼른 숙소로 들어가자."

"네."

모든 일정을 끝내고 회사로 돌아가는 차 안, 고유준과 진성이는 휴대폰 하나로 라디오 반응을 함께 보며 대화를 나눴고 윤찬이는 많이 피곤했는지 잠이 들었다.

오늘은 거의 하루 종일 긴장하고 있어야 했으니 피곤할 만하지.

나는 나란히 뒷좌석에 앉은 주한 형을 바라보았다.

주한 형은 무슨 생각이 그렇게 많은지 이어폰을 꽂은 채 심각한 표정을 짓고 있었다.

"왜 그래?"

내가 주한 형을 툭 치며 말하자 주한 형은 날 바라보더니 애써 태연한 척 고개를 저었다.

"아니야. 안 피곤해? 눈 좀 붙여 너도."

"아니 숙소 가서 씻고 잘 생각이긴 한데 형 표정이 안 좋네."

주한 형은 누가 봐도 억지인 미소를 짓고 시선을 돌렸다.

주한 형이 나와의 대화를 피하는 건 잘 없는데, 어지간히 기분이 안 좋은 것 같아 나도 더는 건들지 않았다.

확신은 없지만 무슨 일로 저렇게 기분이 안 좋은지 대충 알 것도 같고.

"다 왔다. 내려."

매니저 형 또한 〈플라잉맨〉 촬영이 끝난 뒤 멤버들에게 싫은 소리를 잔뜩 들어 그다지 기분이 좋은 상태는 아닌 듯했다.

우린 눈치를 보며 차에서 내려 연습실로 들어가려 했다. 그때.

"인현 형."

"어?"

이제 막 차에서 내린 주한 형이 아무런 표정 없이 혹은 조금 화가 난 모습으로 매니저 형을 바라보고 있었다.

"안 피곤하면 잠깐 얘기 좀 해요."

"……어어. 알겠어. 너희는 얼른 연습실로 들어가."

"네."

우린 눈치껏 이유를 묻지 않은 채 두 사람을 두고 연습실로 향했다. 아마 다들 뭔가 이 상황, 익숙하다고 생각하는 중

일 테다. 고유준이 내 옆으로 다가오며 중얼거렸다.

"오랜만에 노빠꾸 혁명가 나오네."

"아."

"고추냉이가 크긴 했어."

"맞아. 고추냉이는 진짜, 나도 화났어."

이진성이 뛰어오며 덧붙였다. 역시 고추냉이 때문이겠지. 오늘 주한 형 표정을 보니 역대급으로 화가 난 듯한데 아마 새벽까지는 들어오지 않을 것이다.

난 뻐근한 몸을 풀며 연습실 구석에 가방을 내려놓았다.

"오늘 체력 다 떨어졌어. 주한 형 오면 연습 끝날 듯."

"아닐걸, 주한 형 오기 전에 끝날 수도 있어."

그 형, 오늘따라 더 비장했으니까.

"형들 일어나. 연습 시작할 거야."

진성이의 말에 마지막으로 허리를 비틀며 연습실 가운데로 향했다.

크로노스의 연습실과 떨어진 YMM의 소회의실.

불조차 켜지 않고 통유리로 들어오는 복도 불빛에 의지해 앉아 있는 두 사람은 서늘하리만치 조용했다.

강주한은 눈꺼풀을 내리깔았다. 자신의 맞은편에서 비슷

하게 심각한 표정을 짓고 있는 매니저 조인현에게 어떻게 말을 꺼내야 할지 고민하고 있었다.

강주한은 한참이나 뜸을 들이다 말했다.

"연습생일 때부터 그간 도움도 많이 받았고 형이 정말 좋은 사람이니까 데뷔한 이후 지금까지 불만이 있어도 딱히 신경 쓰지 않았어요."

YMM 시스템상 신인 아이돌에게 완벽한 케어가 가능한 환경도 아니고 크로노스가 완벽함을 바랄 위치도 아니었다.

그러니 불만이 있어도 그 자리에서만 잠깐 말하고 좋게 좋게 넘겼던 것이었는데.

"하지만 아무리 그래도 무대를 앞둔 아티스트한테 고추냉이를 먹이거나 하는 건 이해할 수 없어요, 형."

더구나 메인 보컬이다. 크로노스의 매니저가 크로노스의 무대를 망칠 뻔한 상황.

강주한은 절대 이 상황을 용납하지 못한다.

"지금까지 매번 촉박하고 갑작스러운 일정도 우리랑 친한 인현 형이니까, 그리고 이런 일은 우리가 상관할 수 있는 것도 아니라고 생각했거든요? 근데 형, 아무리 그래도 형이 하는 일에 우리를 위한다는 전제가 깔려 있어야 하는 거 아니에요?"

"미안하다, 주한아. 이번 〈플라잉맨〉은 진짜 일정이 꼬여서……."

"아니 일정이 꼬인 게 문제가 아니고 현우가 무대 전에 그런 걸 먹을 상황이면 형이 나서서 말려 줘야 하는 거 아닌가 하는 말이에요."

일정이 꼬인 거야 시청률 높은 〈플라잉맨〉에 신인 아이돌 크로노스는 절대적인 을이니까 그럴 수 있다.

하지만 무대 직전 목에 무리가 갈 만한 곤란한 일이 생겼을 때 신인 아이돌이 무슨 말을 할 수 있을까.

그럴 때 매니저가 나서서 대신 말을 해 줘야 하는 것인데 그때 조인현은 두 눈에 걱정만 가득 담고 그저 가만히 지켜보고만 있었다.

강주한은 그게 너무 화가 났다.

"현우 계속 기침했어요. 무대 전이든 후든 고추냉이 기획이 있다는 걸 형은 알았을 거 아니야. 이후에 솔로곡 라디오 라이브는 생각 안 했어요?"

"……미안하다."

"형한테 미안하다는 소리를 들으려는 게 아니라 고쳐 달라는 거예요."

지금까지 친한 형이니까, 사람됨은 좋으니까, 정으로 넘기다 보니 갈수록 실수가 잦아진다.

이대로 가면 앞으로 활동을 이어 나갈 때마다 이러한 일이 생기겠지.

"나는 형이……."

두 사람이 진지하게 오늘의 일에 대해 말하고 있는 도중 어둡던 소회의실의 불이 켜지고 인상을 찌푸린 김 실장이 문을 열었다.

"무슨 이야기야, 인현 씨? 우연히 들었는데 고추냉이가 뭔데."

연습생 시절 이후 오랜만에 보는 강주한의 화난 얼굴과 심각한 조인현의 표정. 김 실장은 직감적으로 오늘 크로노스에게 무슨 일이 있었다는 걸 알아차렸다.

"오늘 〈플라잉맨〉 촬영 들어갔다는 건 들었는데 그거 관련한 일이야? 아니면 무대?"

"아, 그게 실장님."

김 실장은 자연스럽게 매니저의 곁에 앉았다.

조인현의 표정에 난감함이 스몄다. 강주한은 그런 조인현을 보고 망설임 없이 입을 열었다.

"〈플라잉맨〉 촬영 내용으로 잠깐 이야기 나누고 있었어요."

"왜 이렇게 다들 표정이 심각해?"

"〈플라잉맨〉 촬영 내용 중에 복불복으로 고추냉이 만두 먹는 내용이 있었어요. 저흰 무대 전이었고."

굳이 에둘러 말하지 않았다. 솔직히 말하자면 강주한은 이번 일로 조인현에게 완전히 마음이 틀어진 상태였다. 조인현도 애정 있는 형이지만 냉정해야 할 때는 냉정해져야 하는 법.

조인현보다 더 아끼는 것이 크로노스 멤버들이고 서현우였기 때문에 확실히 말해서 이젠 크로노스의 매니저가 교체되었으면 하는 바람까지 있었다.

김 실장의 얼굴이 굳어 조인현을 바라보았다.

"인현 씨 또!"

"……또?"

또라니 그게 무슨 말이지?

강주한이 고개를 갸웃거렸다. 김 실장은 벌떡 일어나 붉으락푸르락해진 얼굴로 조인현을 한심하게 쳐다보았다.

그러곤 강주한에게 나가 보라 손짓했다.

"주한이, 이야기하는데 미안하지만 인현 씨랑 따로 이야기 좀 하게 연습하러 갈래?"

"네? 아, 네."

강주한이 당황하며 일어나 소회의실을 빠져나갔다. 조인현이 왜 알뤼르의 매니저를 하다 연습생들을 맡고 있었는지, 그 이후 왜 크로노스에게 넘어왔는지 강주한이 알 리 없다.

강주한이 나간 후 김 실장은 단단히 질린 표정으로 그를 바라보았다.

"애들 컨디션 체크 잘하라 했어요, 안 했어요. 스케줄 짜면서 무조건 시청률 좋은 프로라도 뒷일까지 생각하고 잡아야 할 것 아니야."

알뤼르 때도 이러했다. 알뤼르가 더 많은 프로그램, 축제에 들어가길 바라는 마음에 팬들이 보기에도 숨찰 만큼 스케줄을 짜 놓고 막상 다이어트 중이던 막내 김세연의 컨디션을 눈치채지 못해 결국 실신하게 만들었다.

그로 인해 알뤼르의 매니저는 교체되었고 조인현은 한동안 알뤼르 보조와 연습생들을 맡다 크로노스로 재기하게 되었다.

알뤼르 보조 매니저로 강등, 연습생 매니저를 하며 이젠 감을 좀 잡았을까 했더니.

“고추냉이? 애 음 이탈은 안 났어요? 〈플라잉맨〉에서 강제로 쳐들어왔어도 매니저가 말렸어야지 그걸 그대로 내버려 둬? 제발 성과 욕심내지 말고 애들 컨디션부터 챙겨요. 좋은 형 노릇 하면서 혹사시키지 말고. 이러다 세연이처럼 실신하는 거야. 알아?”

알뤼르 때의 일이 있기 때문에 김 실장은 더욱이 예민하게 굴 수밖에 없었다. 비단 아티스트를 위한 마음뿐이 아니고 그때 당시 YMM의 이미지가 얼마나 안 좋아졌던가.

김 실장은 특히나 사표 쓸까 고민할 정도로 고생을 많이 했었다.

“죄송합니다, 실장님.”

“난 이거 이번엔 못 넘어가. 이번에야 무사히 촬영이 종료되었어도 다음에 또 인현 씨가 선 넘을지 어떻게 알아요……. 하아, 내일 회의 들어갑니다. 그렇게 알아요.”

이건 조인현에 대한 정이 얼마나 깊든 단호해야만 하는 일이다. 적어도 과거의 일을 되풀이하지는 말아야지.

조인현을 두고 돌아서는 김 실장은 이미 크로노스 매니저 교체를 일찍이 마음먹은 모습이었다.

Chapter 8-2.
추억 속 그 가수 (1)

이른 아침, 오늘은 평소와 다르게 매니저 형 대신 주한 형이 멤버들을 깨우고 준비시켰다.

어제 인현 형, 주한 형이랑 제대로 풀리지 않은 건가.

묘하게 굳은 주한 형과 매니저 형 없는 아침 숙소 풍경에 이상함을 느끼며 나갈 준비를 마쳤다.

"어, 왔어? 주한이가 잘 깨워 줬네."

"주한 형, 깨울 때는 의외로 자상하더라? 난 냅다 등짝부터 걷어찰 줄 알았는데."

고유준의 말에 주한 형이 먼저 차에 오르며 혀를 찼다.

"그 정도로 성격이 파탄 나지는 않았거든?"

"아니, 형 등짝 좋아하니까~."

짜악!

고유준의 등짝에 꽂히는 찰진 주한 형 손바닥 소리. 내가 저거 저거 까불다가 언젠가 까일 줄 알았지.

고유준은 아프다고 제 등을 문지르면서도 낄낄거렸다.

난 픽 웃으며 차에 올랐다.

"유준 형, 빨리 타! 진짜, 맨날 장난친다고 문 막고 서 있다니까."

진성이가 목발로 탁탁 땅을 때렸다. 윤찬이는 말없이 자신의 앞머리를 고무줄로 묶으며 허리를 굽혀 고유준의 팔 아래를 통과했다.

"어떻게 하루도 얌전히 차에 타는 일이 없냐."

주한 형의 말에도 차안은 여전히 떠들썩하기만 했다.

그때 문득, 고유준과 장난을 치던 진성이가 운전석 시트 위에 턱을 걸쳤다.

"그런데 인현 형, 오늘따라 왜 말이 없어요?"

"어?"

"어디 아파요?"

일부러 애교를 섞어서 말하는 목소리. 생각 없이 물어본 것 같아도 어제 주한 형과 심각한 이야기를 나눴을 매니저 형을 배려해 조심스럽게 건넨 말일 터다.

매니저 형은 고개를 저으며 시동을 켰다.

"에이 무슨, 형 안 아파. 괜찮으니까 걱정하지 말고 진성이 안전띠 매자."

"안 아프면 다행이고요."

진성이는 스르르 시트에 걸친 얼굴을 내리고 안전띠를 맸다.

아무 일도 없었던 것치고 상당히 낯빛이 퀭한데. 하지만 언제나 그랬듯 조금 시간이 지나면 괜찮아질 거다.

회사와 숙소는 걸어서 5분도 걸리지 않는 거리에 위치해 있는데 이젠 카페테리아의 손님들이 우릴 알아보기 시작해서 이 정도 짧은 거리조차 무조건 차로 이동하게 되었다.

"어, 저거 크로노스 차 아님?"

"그런가 본데? 회사 들어오나 보다."

주차장으로 들어가는 도중 카페로 들어가던 누군가의 목소리가 들려오는 듯했다.

YMM 소회의실에 도착한 우리는 평소보다 조용한 분위기에 멈칫거리다 안으로 들어섰다.

"왔어? 잘 잤어?"

"네! 좋은 아침입니다."

김 실장 얼굴은 또 왜 저래.

언제나 반갑게 맞아 주던 회사 사람들의 심각한 모습들, 우리가 무슨 사고라도 쳤나? 멤버들은 사뭇 기가 죽은 채 의자에 앉았다.

회의는 멤버들이 자리에 앉자마자 곧장 시작되었다.

"〈블루 룸 파티〉가 공식적으로 활동을 시작했어요. 성적은 더할 나위 없이 좋고 팬 유입도 안정적입니다."

"넵."

"이제 슬슬 크로노스도 안정권에 든 것 같은데 행사 스케줄 잡고 개별 예능 출연도 추진해 볼 계획입니다."

일명 크로노스 팀으로 불리는 이들의 회의를 들으며 나를 포함해 멤버 모두가 의문에 휩싸였다.

앞으로의 활동에 대해 의논하는 자리에 원래 우리를 참여시켰던가.

앨범 회의할 때는 무조건 참가했지만 스케줄에 대한 이야긴 대부분 통보로 끝나곤 했었는데.

내 표정을 발견한 김 실장이 하던 말을 멈추었다.

"앞으로는 차후 일정에 대해 너희들과 함께 논의할 생각이야. 갈수록 너희들이 참여할 수 있는 비율도 늘어 갈 테니까 의견 있으면 말하고. 알겠지?"

"……네!"

알뤼르나 다른 발라드 가수 선배들은 앨범 기획부터 참여하는 경우가 많았는데 연차가 쌓일수록 기획에 참여하는 비율도 높아진다는 게 이런 말이구나.

"행사는 애들 컨디션에 무리 가지 않을 정도로 하고요."

김 실장님의 수첩이 넘어갔다.

"그리고 개별 예능 출연에 관한 이야기인데요. 오랫동안 휴식기를 가졌던 영이 선생님께서 슬슬 재기하고 싶다고 하시더라고요.”

김 실장의 말에 회의실이 소란스러워졌다.

“영이 선생님께서요?”

“네, 많은 건 안 바라고 그냥 소소하게 앨범 하나 내고 싶다고요.”

영이 선생님.

선배님이 아니고 선생님이라고 불러야 될 정도로 오랜 연차의 대선배님이시다.

80~90년대를 호령하며 가요계 전성기를 이끈 3인조 혼성 댄스 그룹 텐텐 출신 여성 멤버다.

하지만 텐텐이 해체한 이후 90년대 후반부터 2000년대 초반 발라드 가수로 전향해 YMM과 계약했고 현재는 잠재적 활동 중단을 한 상태다.

YMM 소속 아티스트지만 활동을 하지 않으시는 분이라 10년 연습생 생활 중 스치듯 만난 적도 없는 분.

“우리 영이 선생님 오랜만에 컴백하시는데 진짜 앨범만 낼 수는 없고 활동 기간 동안 음악 예능 스케줄이라도 잡아 드릴 생각인데.”

김 실장이 피로한 눈으로 나와 고유준을 번갈아 가며 바라보았다. 그러곤 씨익 미소 지었다.

“우리 현우랑 유준이, 둘이서 영이 선생님과 함께 활동하는 건 어떨까 하는 의견입니다.”

……응?

회의실이 쥐죽은 듯 조용해졌다. 다들 나와 같이 뜬금없는 말에 혼란을 겪고 있는 걸 테다.

갑자기 영이 선생님 이야기를 왜 꺼내나 했더니.

"물론 계속은 아니고요. 선생님 활동 기간 중에 텐텐 시절 곡도 부를 일이 있지 않겠습니까? 크로노스 활동 범위도 늘릴 겸 우리 직속 후배들이 객원 멤버로 임시 참여하는 것도 괜찮겠다는 거죠."

그러자 성 과장이 격하게 고개를 끄덕였다.

"좋은데요? 텐텐 곡도 활동에 쓸 수 있으면 선생님께서 출연하실 수 있는 예능도 많아질 거고 크로노스도 홍보할 수 있고요."

나와 고유준은 서로를 마주 보았다. 그러곤 활짝 웃으며 힘차게 말했다.

"열심히 하겠습니다!"

"어우, 좋다. 선생님 활동 기간이 〈블루 룸 파티〉랑 겹치진 않을 거야. 선생님도 준비할 시간이 필요하니까."

"넵!"

"조만간 선생님이랑 자리 한번 만들어 줄게."

"그리고 주한이, 현우는 이번 솔로곡 말인데 그거 음원 발매할 생각 있니?"

성 과장이 물었다.

"아, 〈원스 어겐〉은."

주한 형이 고개를 저었다.

"좋은 기회 주셨는데 죄송합니다. 〈원스 어겐〉은 무료로 풀고 싶습니다만 현우 생각은 어때?"

"저도 감사하지만 주한 형의 말대로 무료로 풀고 싶어요. 아직 크로노스 활동에 솔로곡 발매는 너무 서두르는 게 아닐까 해서요."

"으음."

성 과장님이 아쉬운 얼굴로 고개를 끄덕였다.

"뭐, 맞는 말이기는 한데 워낙 곡이 좋아서 아쉽기는 하다."

아이돌에게 솔로곡이 발매되는 일은 흔히 있는 기회가 아니지만 〈플라잉맨〉도 그러했듯 아직 우리는 솔로보다 그룹에 더 신경 써야 할 때니까.

회의가 마무리될 때쯤이었다.

"진성이는 다리 낫는 데에만 신경 쓰고."

"네!"

"그럼 오늘 회의는 여기까지. 그리고……."

김 실장님은 입술을 잘근거리다 크게 한숨을 쉬었다.

"그리고…… 어……."

"왜 그러세요, 실장님?"

김 실장은 굉장히 곤란해 보이는 얼굴이었다.

김 실장뿐만 아니라 갑작스레 모두가 회의 전 묘하게 가라앉은 분위기로 돌아갔다.

거기다 주한 형과 매니저 형까지.

'왜 이러는 거지?'

설마 어제 그 일이 커진 건가.

내가 입술을 잘근거리며 분위기를 파악하고 있을 때 김 실장이 머뭇거리다 겨우 입을 열었다.

"지금까지 크로노스를 맡아 주었던 인현 씨가 다시 연습생들을 케어하게 되었어."

"……예?"

"인현 형, 이제 크로노스 매니저 안 해요?"

"갑자기요?"

이렇게 뜬금없이? 어제 진짜 크게 무슨 일이 있었나? 아니, 주한 형이 아무리 빠꾸 없는 혁명가라도 매니저 형이 열 받아서 관둔다고 할 정도로 말하진 않았을 텐데?

하지만 김 실장님도 매니저 형도 주한 형도 이 일에 대해 자세히 말하지는 않았다.

"내부적으로 인현 씨가 연습생 케어해 주는 게 더 좋다고 생각해서 결정한 일이니까 그렇게 알고."

"어음…… 혹시 저희가 뭐 잘못한 건……."

"아니야. 너희가 잘못한 게 아니고 회사 내부 사정이야. 아쉽겠지만."

"그래도 새 매니저님 오실 때까지는 같이하는 거죠?"

진성이의 말에 김 실장은 단호하게 고개를 저었다.

"새로운 매니저 들어올 때까지 영이 선생님 매니저가 너희 케어해 줄 거야. 인현 씨는 오늘까지만 크로노스 담당해 주시는 것으로."

며칠 텀을 두는 것도 아니고 당장 오늘까지?

난 주한 형을 바라보았다.

이건 너무 갑작스러웠다.

주한 형은 그저 눈꺼풀을 내리깐 채 고개만 끄덕이고 있었다.

우리가 채 당황스러움을 납득하기도 전 회의는 끝나 버렸다.

"해산."

"수고하셨습니다."

멤버들과 인현 형을 남겨 둔 채 크로노스 팀은 회의실 밖으로 사라졌다.

한참이나 계속되던 침묵.

무서울 정도로 표정이 가라앉은 고유준이 입을 열었다.

"형, 혹시 예전부터 정해져 있던 일이에요?"

"아니야. 갑작스럽게 정해져서 주한이 빼고 너희한테 말할 시간이 없었어."

"저희가 말 안 들어서 가는 거예요?"

"혀엉……."

윤찬이와 진성이가 울먹이며 말했다.

"그런 거 아니야. 너희처럼 말 잘 듣는 애들이 어디 있어? 아니야."

멤버들이 당혹스러움과 아쉬움을 표할 때 난 사실 그럭저럭 납득하고 있었다.

알뤼르 매니저에서 연습생 케어 담당으로 넘어왔을 때 이미 1차 경고.

자세한 건 주한 형에게 물어봐야 하겠지만 김 실장이 저렇게 단호한 걸 보면 매니저 형의 선택이 아니라 다시 강등됐을 가능성이 높았다.

"자! 아무튼 갑작스럽게 미안하고. 이제 음방 하러 가야 하는데 형 때문에 침울해지지 마. 형이 부족해서 미안하다."

인현 형은 침울해진 분위기를 전환하듯 일어나 멤버들을 일으켜 세웠다.

멤버들이 매니저 형에게 끌려 주차장으로 향하고.

난 일부러 천천히 걸어 주한 형과 뒤로 빠졌다.

"어제 무슨 일 있었어?"

내가 묻자 주한 형이 고개를 끄덕였다.

"인현 형이랑 대화 중이었는데 김 실장님이 고추냉이 이야기 들었어."

"아…… 그래서."

"알뤼르 선배님들 매니저 맡았을 때도 비슷한 일 있었다는 거 같더라."

"응, 알아."

주한 형은 날 위로하듯 내 등을 토닥였다.

“너무 갑작스러웠지? 특히 네가 인현 형한테 정이 들었을 텐데 형이 미안해.”

“아니야, 형. 제일 마음 안 좋은 건 형이지.”

씁쓸함과 아쉬움, 그리고 한편으론 이제 정말 내 사람들만 남았다는 안도감.

“인현 형 그래도 멤버들 진심으로 아껴 주긴 했는데. 좀 마음이 그렇네.”

주한 형의 말에 대충 미소 지었다.

그러나 사실 난 인현 형의 진심을 믿지 않는다.

품 안에 있을 땐 좋은 사람이지만. 글쎄.

YMM을 떠나던 날 나를 그렇게 아낀다며 울던 사람이 개인적으론 연락 한번 없었다.

매니저 형은 정말 우릴 아끼는 거였을까?

매니저가 교체된다는 말에 오히려 안도했다면 정말 나쁜 사람이 되는 걸까?

잠시 멈추었던 걸음을 다시 걷느라 지금까지 애써 신경 쓰지 않았지만 다시 과거로 돌아왔다 해서 서운함이 사라지는 건 아니니까.

모처럼의 휴식, 윤찬이와 진성이는 학교에 갔고 숙소에 남은 멤버들은 모두 각자의 방에서 시간을 보내고 있었다.

"……푸흡!"

고유준이 자신의 침대에 누운 채 너튜브를 시청하며 키득거렸다. 이어폰을 꽂고 있어 뭘 보고 있는지는 모르겠지만 아마 최근 자주 보는 게임 스트리머 영상일 거다.

'아 졸려.'

데뷔한 이후, 기본적으로 잠이 부족한 상태가 계속되어서 그런가. 요즘은 가만히 있는 것만으로도 금방 졸음이 몰려들곤 했다.

침대에 누워 멍하니 천장을 바라보고 있다가 눈꺼풀이 감기는 대로 잠이 들려던 순간 누군가 초인종을 눌렀다.

"뭐야?"

난 감기려던 눈을 뜨고 상체를 일으켰다.

고유준 또한 이어폰을 빼고 뒤돌아 방문을 바라보았다. 그러곤 잠시 고민하다 말했다.

"아, 오늘 오신다던 매니저분이신가 보다."

고유준이 말하며 몸을 일으켜 방문을 열었다. 그러곤 고개를 빼꼼 내밀어 현관을 확인하더니 나를 돌아보았다.

"야, 나와. 혼자는 좀 민망하니까 같이 인사하자."

"응."

나는 침대에서 일어나 고유준을 따라 방을 나섰다.

어제저녁 크로노스 공용 폰으로 매니저님에게서 미리 연

락을 받은 터라 알고 있었다.

"누구세요!"

고유준이 현관에 대고 소리쳤다. 굳이 인터폰 두고 왜 저러나 했는데 곧장 문을 열어 주려는 생각이었던 듯하다.

상대의 대답을 들은 고유준이 문을 열어 주고 난 천천히 걸어 고유준의 곁에 섰다.

"안녕하세요."

"오오! 안녕하세요!"

우리가 인사하자 매니저는 숙소로 들어오다 멈칫, 걸음을 멈추고 인사했다.

"안녕하세요. 임시로 매니저를 맡은 이수환이라고 합니다."

"하하, 네, 잘 부탁드립니다. 어서 들어오세요."

우린 양 사이드로 거리를 벌려 매니저님이 들어올 수 있도록 했다.

"그럼 실례하겠습니다."

매니저님이 우릴 지나쳐 거실로 향하고 우린 그를 따랐다.

"지금 주한 형이 작업 중일 거라. 잠시만요. 데려올게요."

"감사합니다."

고유준이 주한 형의 방으로 향했다. 그리고 난 매니저님과…….

"……."

"……."

큰일 난 거 같다.

"……아, 마실 거라도."

"아, 네. 감사합니다. 아무거나……."

"아침햇살 괜찮으신지……."

"아, 물로 부탁드립니다."

"네!"

정말 큰일 난 거 같다.

매니저님, 나만큼 낯가림이 심하시다.

난 벌떡 일어나 부엌으로 향했다.

아닌가. 보통 매니저는 사교성 좋고 그런 사람들이 하는 거 아닌가. 그냥 지금 우리처럼 긴장하신 걸까.

난 컵에 물을 따르는 내내 매니저님과 무슨 대화를 나눠야 할지 심각하게 고민하기 시작했다.

나보다 어린 사람들과 일할 때와는 달리 연상과의 대화를 주도할 때는 아무래도 조심스러워서.

다행히도 내가 매니저님께 물을 가져다줄 때쯤 주한 형이 고유준과 함께 나와 매니저님과 인사를 나눴다.

"리더 강주한이라고 합니다."

"이수환이라고 합니다. 지금은 영이 선생님 매니저를 맡고 있고 앞으로 크로노스 여러분 매니저가 새로 뽑힐 때까지 임시로 담당하게 되었습니다. 잘 부탁드립니다."

한 삼십 대 중반 정도이려나. 단정히 입은 정장, 점잖아 보이는 멀끔한 얼굴, 손에 든 휴대폰 두 개, 윤찬이보다 조금 작은 듯한 남자는 주한 형에게 자신의 명함을 건네며 인사했다.

"모처럼 인사하러 오셨는데 윤찬이랑 진성이는 학교 가서 지금은 소개 못 드리겠네요."

"아, 학교 간 거 알고 왔습니다. 오후 늦게 올까 하다가 어떤 그룹인지 미리 이야기나 나눠 볼까 싶어서요."

매니저님은 인현 형과는 정반대로 굉장히 차분한 성격의 사람이었다.

아직 제대로 이야기는 나눠 보지 않았지만 풍기는 분위기부터 조용한 것이, 주한 형이 참 좋아할 것 같은 성격.

"사실 제가 경력은 있어도 그룹은 처음 담당해 봐서요. 임시긴 해도 몇 달간 함께할 건데 개개인 특성 정도는 파악해 놓는 게 좋지 않을까 하는 마음으로 왔습니다."

"그러시군요."

주한 형이 사람 좋은 미소를 내보였다. 저 미소 아무한테나 보여 주는 거 아닌데.

아무래도 매니저님이 꽤나 마음에 든 모양이었다.

아직 낯선 매니저님의 눈치를 보며 입을 다물고 있던 고유준이 목을 다듬고 말했다.

"그런데 매니저님, 편하게 말씀하셔도 돼요. 저희가 한참이나 어린데 편하게 대해 주세요."

매니저님은 고유준을 보며 미소 지었다.

"조금 더 편해지면 그렇게 하겠습니다."

"아, 넵."

고유준이 머쓱하게 대답했다.

완전한 비즈니스 마인드. 하지만 난 오히려 너무 가까워서 문제인 것보다 차라리 어느 정도 선을 지키는 게 좋다고 생각했다.

매니저님은 침착한 어투로 우리에게 궁금한 것들과 기존 인현 형과의 활동에 있었던 불만 등을 물어 왔다.

주한 형이 대답하는 정보량이 꽤 많았다.

심지어 내가 고소공포증이 심하다는 것과 이진성이 사람들에게 달라붙는 것을 좋아한다는 것, 윤찬이가 〈라스푸틴〉을 좋아하는 것 등등 큰 것부터 사소한 것까지 풀어놨음에도 불구, 매니저님은 그걸 전부 수첩에 적었다.

물론 곁에서 보니 정말 TMI는 슬쩍 넘기시는 것 같긴 했다.

"지금 말씀해 주신 건 다음에 오시는 매니저분께도 말씀드리겠습니다. 알려 주셔서 감사합니다."

"저희야말로 신경 써 주셔서 너무 감사드립니다."

이따금 어색하게 끊기며 딱딱하게 오가는 대화.

침묵을 견디지 못하는 고유준은 많이 불편해 보였지만 나나 주한 형은 이 정도의 정적이 딱 편했다.
“그리고 유준 씨와 현우 씨.”
“네?”
“영이 선생님의 이번 활동에 객원 멤버로 참가하시는 것으로 알고 있습니다.”
“아, 네. 맞아요.”
“일주일 후에 선생님과 인사 한번 나누는 게 어떻겠습니까?”
“좋아……습니다!”
고유준이 매니저님 말투에 맞춰 말을 바꾸었다.
아무래도 이런 느낌의 사람은 처음 만나 적응하지 못하는 모습이라 내가 보기엔 상당히 웃겼다.
“마침 그때 크로노스 스케줄도 비었고. 그때 선생님께 드릴 선물은 제가 준비하도록 하겠습니다.”
“……오오.”
“와…… 감사합니다.”
진짜 다르기는 다르구나. ‘선생님’이라는 호칭을 쓸 정도의 아티스트와 일하면 이렇게 똑 부러지게 되는 것인가?
당연하게도 하나하나 꼼꼼히 준비해 주는 정성에, 지금까지와 너무도 다른 느낌의 일정 보고에 순간 소름 돋을 정도로 감동받을 뻔했다.
감동받은 건 나뿐이 아닌 듯했다.

"그리고 행사 스케줄에 관해서는 조금 있다 윤찬 씨, 진성 씨 돌아오시면 말씀드리기로 하고."

"어우, 네."

"크로노스의 유명세가 점점 커지고 슬슬 개인 스케줄도 생길 예정이라, 저 혼자서는 안 될 것 같아서 고정 로드 매니저를 추가로 데려올 겁니다."

"어우, 네 네! 감사합니다, 매니저님."

주한 형이 매니저님께 무한 긍정과 신뢰를 보내고 있었다.

매우 사무적이지만 굉장히 세심하게 챙겨 주는 모습.

사실 아직 함께 일해 본 것은 아니지만 몇 달간의 활동이 매우 괜찮을 것이라는 예감이 들었다.

한참이나 우리와 대화를 주고받던 매니저님이 김 실장과의 통화를 위해 잠시 자리를 비우고.

우린 화색이 된 얼굴로 시선을 교환했다.

"뭔가 되게 멋지시다."

"그러게. 과연 영이 선생님 매니저라는 건가."

아주 가끔 방송에서 언급되는 영이 선생님은 불같이 화끈하고 까다로운 성격으로 유명했다.

물론 영이 선생님이 직접 방송에 나오시는 건 아니고 선생님과 함께 방송했던 주변 연예인들의 일화가 대다수였지만, 매우 까다로워 어지간히 꼼꼼하지 않고서는 선생님의 스태프로 버티지 못한다는 이야기가 있었다.

그런 선생님의 곁에서 무려 3년이나 버티고 있는 매니저.

가히 저 예의 바른 모습, 꼼꼼함, 일처리 능력까지 다 갖춘 자이리라.

"난 대만족. 저분이랑 같이 일하면 정말 편해질 것 같아."

주한 형의 말에 고유준은 모호한 표정을 지었다.

"난 아직 좀 어색해. 사무적이신 분이라 살짝 기죽었어. 신뢰는 팍팍 가지만."

고유준이 씁쓸한 미소를 지었다.

아직 인현 형이 그리운 모양이었다.

연습생 때부터 함께한 형과 그렇게 편하게 지내다 갑자기 딱딱한 비즈니스맨과 함께하게 되었으니 적응하려면 조금 시간이 걸릴 거다.

난 매니저님의 다이어리를 슬쩍 보며 말했다.

"되게 우리 많이 신경 써 주시는 것 같아서 감사해, 나는."

족히 20페이지를 넘겨 가며 메모하던 크로노스에 대한 정보들.

무뚝뚝하지만 잠깐 스치고 갈 아티스트에게 이렇게까지 신경 써 주는 경우는 잘 없을 테니.

그때였다.

지이이잉!

매니저님의 휴대폰이 진동했다.

우리들의 시선은 자연스레 매니저님의 휴대폰으로 향했다.

김 실장과의 통화로 들고 간 휴대폰은 아마 비즈니스용 폰일 테고 이곳에 남은 휴대폰은 개인폰일 듯한데.

우린 비공개된 메신저가 중간을 가린 배경화면에 시선을 빼앗겼다.

……저게 뭐지?

배경화면을 본 내 입이 멍하니 반쯤 벌어졌다.

"……어."

"어어? 서현우다."

"현우 아냐, 이거?"

매니저님의 배경화면을 가득 채운 사진은 '나는 지금 진지하다'로 화제가 되었던 내 차차 썸네일이었다.

"……보셨군요."

그때, 때마침 숙소로 들어오던 매니저님이 무덤덤한 어투로 말했다.

"허억!"

우린 숨넘어갈 듯 놀라며 휴대폰으로 향했던 시선을 정면으로 했다.

우린 혹시 판도라의상자를 열어 버린 걸까.

되돌릴 수 없이 민망한 분위기가 되어 버리면 어떻게 하지?

그러나 매니저님은 그저 무덤덤하게 다가와 들고 나갔던 휴대폰을 개인 폰 옆에 놓아두었다.

"크로노스분들의 팬은 아닙니다. 오해하지 마세요."

"어우, 알죠. 압니다. 예."

고유준이 빠르게 대답했다.

"처음 크로노스분들을 맡게 되었다는 소식을 듣고 이것저것 영상을 찾아보다가 그만……."

"그만……? 서현우에게 입덕했다거나……."

"아뇨…… 썸네일이 너무 웃겨서 우울할 때 보려고……."

아.

"사실 그 외에도 크로노스 여러분 굉장히 유머러스하시더라고요. 〈플라잉맨〉 코인 노래방이나 〈크로노스 히스토리〉 보고 많이 웃었습니다."

"……좋아해 주시니 영광입니다."

기왕이면 무대 영상을 더 좋아해 주었으면 했지만 이렇게라도 행복하게 해 드릴 수 있어 그래, 어음, 난 행복하다.

온종일 딱딱했던 모습을 조금 누그러트리고 수줍고 머쓱하게 말하는 우리들의 임시 새 매니저님은 아무래도 웃음 장벽이 낮음과 동시에 웃긴 것을 굉장히 좋아하시는 분인 듯했다.

그때 타이밍 좋게 도어 록 비밀번호 누르는 소리가 들리고 진성이와 윤찬이가 숙소로 들어왔다.

"다녀왔습니…… 어?"

"어, 진성아, 왜? 아…… 아, 매니저님."

"안녕하십니까. 이수환이라고 합니다."

두 사람의 등장과 동시에 잠시 수줍었던 매니저님은 다시 사무적인 표정으로 돌아와 있었다.

아침부터 비가 쏟아져 내리다 이제야 멎어 들었다.

첫 무대부터 모든 방송국 1위를 석권하던 〈블루 룸 파티〉의 활동도 이제 슬슬 막바지에 들어섰다.

쨍하게 염색했던 내 머리는 시간이 갈수록 바랜 회색이 되어 가고, 카메라 앞에서 재롱부리는 행동이 익숙해질 때쯤 드디어 크로노스에게 대학 행사가 잡혔다.

“으음.”

우리의 첫 행사 소식을 들은 숍의 실장님은 내 바랜 머리카락 색을 보며 비장한 결정을 내리셨다.

“현우 백금발. 해리 씨 괜찮아요?”

“백금발이요? 으음, 백금발이면 다음 컨셉이 어떤 거든 괜찮을 테니.”

해리 누나가 흔쾌히 고개를 끄덕였다.

“백금발 괜찮네요.”

이런.

이전 내가 맡았던 제자 중 한 아이가 말했다.

한번 염색하기 시작하면 시도 때도 없이 머리 색이 바뀌더라고.

염색 멤버의 두피는 적어도 발언권이 생길 때까진 계속 고통받더라고.

지금 내가 딱 그러했다.

"또 머리색 밝은 애들이 직캠 영상 뜨면 그렇게 예쁘게 잘 나오더라고."

"그죠? 특히 현우 같은 스타일은 화려하게 꾸미면 꾸밀수록 빛을 보는 타입이라. 부탁드릴게요, 실장님."

"오케이!"

이런. 아무래도 오늘, 난 또 두피가 불태워질 예정인가 보다.

자연스럽고 편안한 컨셉이었던 〈블루 룸 파티〉. 덕분에 최근엔 메이크업이든 헤어스타일이든 자연스럽게, 의상도 셔츠에 슬랙스 정도였다.

그러던 우리가 오랜만에 메이크업과 의상에 잔뜩 힘을 줬다.

갑갑한 개 목줄, 아니 초커와 프릴이 잔뜩 달린 중세풍 흰 셔츠. 검은 바지. 커다란 보석 귀걸이.

행사에서 부르기로 한 총 세 곡 중 〈퍼레이드〉와 〈크로노스〉가 포함되어 있어 〈블루 룸 파티〉의 의상으론 소화하기 힘들겠다 생각한 스타일리스트 누나들의 조치였다.

"난 역시 이 컨셉이 좋더라. 크로노스 애들은 화려한 게 잘 어울려."

"실장님, 저도 현우 형처럼 염색하고 싶은데. 해리 누나. 저 다음 앨범에선 염색하면 안 돼요?"

이진성이 내 머리에 얹히는 탈색 약을 보며 염색하고 싶다며 해리 누나에게 달라붙었다.

저거 아닌데. 두피 건강할 때 챙겨야 하는데. 난 입을 다문 채 자신에게 함정카드를 발동시킨 진성이를 바라보았다.

아직 두피엔 발리지도 않은 탈색 약에 습관적으로 피부가 욱신거리는 착각이 들었다. 이걸, 이 고통스러운 걸 쟤는 왜 굳이 하려는 건지.

해리 누나는 웃으며 이진성을 떼어 냈다.

"진성이는 학교 졸업하면!"

"윤찬 형은 염색했잖아요!"

"진성이는 윤찬이보다 한 살 어리잖아? 너는 지금이 잘 어울려."

"칫."

해리 누나의 단호함엔 어쩔 수 없다는 것쯤 진성이도 잘 알고 있다.

진성이는 아쉬워하면서도 금방 고개를 돌려 메이크업을 받았다. 실장님은 깔깔 웃으시며 진성이의 뒤에서 진성이의 볼을 챡 감쌌다.

"진성이는 안 해도 잘생겼는데! 얼른 다리 나아 오고, 세상에! 피부 관리나 좀 하자!"

"아이, 실장님!"

"피부가 거칠어, 우리 진성이."

"요즘 잠 잘 못 자서 그래요. 원래 피부 좋은데."

"스케줄 때문에?"

실장님이 진성이 헤어를 고쳐 주며 묻자 진성이가 고개를 저었다.

"그것도 그런데 방에 자꾸 아랫집인지 어딘지 담배 냄새가 들어와서요."

처음 숙소에 들어왔을 때부터 담배 냄새 때문에 고생했는데 최근 들어 그게 더 심해졌다고 한다. 연이어 피우는 것 같다며 엄청 투덜거리는 중이지, 요즘.

매니저님은 진성이를 주시하며 수첩에 무언가를 끄적이곤 나에게 다가왔다.

"현우 씨, 메일로 영이 선생님 텐텐 시절 활동 영상 몇 개 보내 두었습니다. 유준 씨와 보시고 미리 안무와 가사 외워 주세요."

"아, 감사합니다."

안 그래도 텐텐은 우리 세대의 그룹이 아니라서 가사나 안무를 어디서부터 어디까지 참고해야 할지 걱정이 많던 차였다.

"현우, 뿌리 탈색 들어간다."

"후우…… 넵!"

난 단단히 마음먹고 고개를 끄덕였다. 곧이어 시원하게 두피에 얹어지는 약품. 곧 이것이 나를 죽이려 들 거다.

주위를 둘러보니 윤찬이도 나와 마찬가지의 표정을 짓고 있었다.

그렇게 고통 속에서 내 머리카락은 완전히 색이 빠진 백금발이 되었다.

"현우는 고생했지만 팬분들은 좋아하실 거야."

"예에, 예뻐요, 실장님. 감사합니다."

다음 앨범에서는 회의에서부터 꼭 검은 머리로 돌아가고 싶다 해야지.

"수환 씨, 애들 세팅 다 끝났어요!"

"감사합니다. 고생하셨어요. 크로노스 여러분 이동하겠습니다."

"네!"

오늘 음악 방송 무대에 설 때쯤 먹구름에 가려 잘 보이지 않던 해는 저녁이 되어 완전히 사라져 버렸다.

"습기 장난 아니다."

"곧 또 비 올지도 모르겠네."

나와 고유준이 중얼거리자 주한 형이 우리를 스쳐 차로 들어가며 말했다.

"다들 습기 때문에 무대 미끄러울 테니까 조심하고. 특히 현우랑 유준이."

"알겠어."

진성이가 다리를 다친 상태라 다른 파트는 공간을 비워 두기로 했는데 퍼레이드 댄스 파트만큼은 고유준이 대신 맡아 주기로 했다.

바람도 많이 불고, 예상으론 아까처럼 쏟아지지는 않아도 조금 비가 올지도 모르겠다.

차가 행사 현장으로 이동했다.

주한 형은 곧 중간중간 진행을 이어 나갈 멘트를 연습 중이었고 다른 멤버들 또한 말없이 무대에 대한 이미지 메이킹을 하고 있을 때, 매니저님이 백미러를 통해 우릴 바라보았다.

"이동하는 동안 미리 말씀드리겠습니다."

"네? 무엇을요?"

"첫 곡인 〈퍼레이드〉는 라이브로 진행할 예정이지만 비가 다시 오면 그것조차 불가할 수 있어요. 혹시 아쉬워하실까 봐 말씀드립니다."

"아, 어쩔 수 없는 거죠. 알겠습니다."

"만약 립싱크로 하게 될 경우 진행 멘트를 하기 전까지 마이크를 켜 놓지 않을 테니 크게 부르신다거나 하는 돌발 행동은 지양해 주세요."

"죄, 죄송합니다……."

매니저님은 그 외에도 행사장으로 향하는 내내 주의해야

될 점을 알려 주었다.

그러는 사이 잠시 그쳤던 비가 다시 쏟아지고 금방 그치기를 반복했다.

"현우랑 유준이 진짜 안 넘어지게 조심해. 넘어질 것 같으면 동작 수를 줄이는 게 좋을 것 같아."

"다리에 힘 꽉 주고 해야겠네."

주한 형의 말에 고유준이 중얼거렸다. 난 내 뒷자리에 앉은 고유준을 돌아보며 고개를 저었다.

"아냐. 그러면 미끄러운 무대에선 바로 넘어져. 오히려 힘 풀고 리허설 하는 느낌으로 추는 편이 나아."

진성이도 그렇지만 다리에 힘 꽉 주고 힘차게 추는 건 보기엔 좋지만 몸에 상당히 무리를 주는 행동이다.

특히 미끄러운 무대에서 바닥 닿는 면에 힘을 주면 힘차게 넘어지는 꼴밖에 되지 않는다.

"아, 그래?"

"응, 동작 줄여도 되니까 안전제일로 가자."

진성이가 다친 이후 우리는 멤버들의 안전을 최우선시하는 중이다.

"도착했습니다."

차량은 대학교 무대 뒤에 멈춰 섰다. 우린 차에서 내려 학교 측에서 장막으로 만들어 둔 대기실로 향했다.

스타일리스트 누나들이 부산스러워지고 고유준이 급하게

날 붙잡고 페어 댄스를 연습하기 시작했다.

잠시 현장 스태프와 이야기를 나누고 온 매니저님이 말했다.

"오늘 첫 곡도 립싱크입니다."

"네!"

대기가 대기가 아니고 준비가 된 바쁜 상황.

"크로노스, 준비되셨어요?"

"네!"

"5분 후에 나가실게요."

행사 측의 안내와 함께 멤버 모두가 주한 형의 주위로 모여들었다.

"오늘 구호는 안전 버전으로 가자."

"네!"

"우리!"

"사리자!"

진성이가 다치고 나서 새로 추가된 구호다.

우린 스태프의 안내를 받아 무대로 향했다.

대학생으로 보이는 진행자가 우릴 소개함과 동시에 무대에 올랐다.

"훠후!"

팬들로 가득했던 음악 방송과는 또 다른 느낌의 환호. 무수히 많은 카메라와 휴대폰이 우릴 찍고 있었다.

난 얼굴에 미소를 띠고 무대에 올라가자마자 첫 곡 〈퍼레이드〉의 시작 대형을 잡았다.

살짝 덥게 느껴지는 조명.

타이밍 나쁘게도 곡이 시작하자마자 미미하지만 비가 내리기 시작했다.

넘어질까 하는 걱정과 비례해 더 달아오르는 현장.

〈퍼레이드〉 곡이 재생되고 무대가 시작되었다.

모두가 신경 쓰고 있는 터라 곡의 후반으로 향하는 지금까지 별문제 없이 잘 진행되고 있었다.

미끄러운 바닥을 주의하며 늘 합을 맞췄던 진성이 대신 고유준이 내 앞에서 춤을 췄다.

대부분 이 댄스 파트가 진성이 부분인 것을 몰라 그냥 춤 잘 추는 멤버가 춤을 추는구나 정도의 환호를 보냈지만 이따금 누가 봐도 우리 고리들로 보이는 분들은 감격한 표정으로 '잘한다 잘한다' 하며 고유준을 기특하게 바라보고 있었다.

난 그들이 귀여워 살짝 미소 짓곤 지팡이로 고유준의 가슴께를 막았다.

고유준이 지팡이 끝을 잡아당겼다.

"억!"

"어, 미안."

힘 조절을 잘못한 고유준에게 끌려 살짝 넘어질 뻔하긴 했지만 작은 해프닝 정도로 끝이었고 〈퍼레이드〉는 무사히 끝이 났다.

"우후! 잘! 생겼다!"

"멋있다!"

무대에 마이크가 들어오고 멤버들이 하나둘씩 인사하며 가운데로 모였다.

"정식으로 인사드리겠습니다. 둘, 셋!"

"안녕하세요. 크로노스입니다. 잘 부탁드립니다!"

"어우, 정말, 뜨거운 분위기네요. 정말 즐겁습니다."

주한 형의 말을 윤찬이가 이어받았다.

"저희가 대학 공연엔 처음 와 보는데-."

그때였다.

"어. 읏."

나방이 날아와 윤찬이 시야 주변을 맴돌았다. 차분하던 윤찬이가 기겁하며 나방을 피해 허리를 이리저리 꺾어 댔다.

걔, 벌레 무서워하던가.

내가 손을 뻗어 나방을 손에 가둔 뒤 무대 밖으로 날려 보냈다.

"감사해요. 아, 죄송합니다."

"괜찮아요!"

몹시 들떠 해프닝도 즐거움으로 넘기는 분위기에 첫 행사라고 긴장했던 우리들의 마음도 조금 편해졌다.

윤찬이는 민망하게 웃으며 다시 말을 이었다.

"저희가 사실 대학 공연뿐만 아니고 행사 자체가 처음인데 너무 즐거운 추억으로 남을 것 같습니다. 어, 그럼 다음 곡 바로 들려드리도록 하겠습니다! 두 번째 곡은 저희 데뷔 싱글 〈The 퍼레이드〉의 수록곡 〈크로노스〉입니다. 즐겁게 들어 주셨으면 좋겠습니다!"

박윤찬의 말과 함께 멤버 모두 마이크를 내려놓고 대형을 맞춰 섰다.

〈픽위업〉 이후 연습실에서만 연습했던 〈크로노스〉.

아마 이곳의 관객들에겐 생소할 곡이라 흡사 새 곡을 발표하는 것처럼 걱정이 되기도 했다.

멤버들이 모두 무대 뒤로 들어가고 나 혼자 무대에 남았다.

〈크로노스〉의 시작은 내 독무로부터.

곡이 나오기 전 마음을 다잡고 눈꺼풀을 내렸다.

어깨를 살짝 털며 다시 정면을 보았을 때, 문득.

첫 무대에선 정신이 없어 제대로 보지 못했던 광경이 보였다.

추적추적 내리는 비.

휴대폰을 들고 날 찍고 있는 관객들.

비에 번져 보이는 조명과, 무엇보다.

우리 고리들.

몇몇 분들은 삼각대까지 설치해 전문적으로 날 찍고 있었다.

난 숨을 크게 들이켰다.

이 많은 카메라 앞에서 실수하면 안 돼.

미끄러지기라도 하면 영원히 멤버들에게, 팬들에게 놀림당하며 수치로 남을 거다.

우리…… 사리자…….

'서현우 천재 모먼트'.

크로노스는 아직 모르지만 팬들 사이에선 유명한 말이다.

서현우가 무대를 잘한다는 건 크로노스 팬들이라면 누구나 알고 있지만 이따금 심장이 아플 정도로 서현우가 무대 장인스러운 모습을 보일 때가 있다.

신인이면서 표정 연기가 능숙하다거나 무대를 융통성 있게 할 때, 춤선을 제대로 살리면서 MR을 뚫어 버리는 성량을 보일 때 등등.

그런 것들을 한데 모아 '서현우 천재 모먼트'라고 칭하곤 한다.

그리고 현재.

서울의 모 대학교 축제 무대에 선 서현우는 또 한 번 '서현우 천재 모먼트'라고 불릴 만한 행동을 하고 있었다.

"미쳤다. 〈크로노스〉도 오랜만에 보는데 현우 오늘 왜 저렇게……."

말을 이어 가던 팬은 입을 꾹 다물고 서현우를 뚫어져라 쳐다보았다.

비로 인해 번져 보이는 조명, 최근 물이 빠졌던 머리색은 백금발로 새 단장해 하얀 얼굴과 매우 잘 어울렸다.

손을 가릴 정도로 프릴이 가득 달린 중세풍 셔츠에 딱 붙는 검은 바지, 커다란 보석 귀걸이와 초커.

거기다 오늘따라 진한 아이섀도까지.

아니, 방송에서도 이 정도로 꾸며 준 적은 없었는데.

이 무대를 위해서인가, 비가 와서 그의 외모가 유난히 도드라져 보이는 것인가.

천사가 따로 없다.

한 가지 확실한 건 지금 찍고 있는 앵글 속 서현우는 확실히 레전드를 갱신하고 있다는 거였다.

무대 위, 혼자서 〈크로노스〉의 독무를 준비하는 서현우는 바닥을 보며 무덤덤하게 툭툭 발을 굴렀다.

무대의 미끄러움을 가늠하는 듯 일부러 몇 번 한 발을 미끄러지게 해 보더니 대충 감을 잡은 듯 다시 자세를 잡았다.

그리고 시작되는 〈크로노스〉.

서현우가 춤을 추기 시작했다.

"오오!"

그와 동시에 이 무대를 처음 본 관객들이 환호성을 터트렸다.

서현우는 그들의 환호에 반응하지 않고 특유의 유연한 춤선으로 춤을 이어 가다 자리를 이동했다.

그 이후 한 명씩 들어오는 멤버들과 댄서들.

경연 때와 비교하면 확실히 안무가 간소화되기는 했지만 그럼에도 불구하고 이 곡의 몰입도는 여전했다.

'현우야…….'

서현우의 모습을 포커스 직캠으로 찍고 있던 팬은 크로노스를 앞에 두고도 화면 속 서현우에게 시선을 떼지 못했다.

'보정 필요 없어. 다 버려.'

비가 와서 혹시나 미끄러져 다치지는 않을까 했더니 티조차 나지 않을 정도로 안정적인 무대를 선보이고 있었다.

자신의 파트에서 물러나고도 있는 힘껏 안무를 소화하는 모습. 가끔 연달은 댄스곡 소화가 힘들었는지 인상 쓰는 모습.

고유준이 이진성의 파트를 대신할 때 힐끔 보고 조용히 웃는 모습 등 오늘의 서현우는 세상 어떤 주접을 가져다 떨어도 부족할 정도였다.

집착이라 생각해도 좋아

손이 닿는 순간 버려지더라도

다시 만나

팬의 입은 자신도 모르는 새 벌어져 있었다.

너무 멋진 무대를 보면 호응도 나오지 않는다고 하던가.

그들의 무대에 호응하던 사람들도 호응조차 하지 못한 채 몰입해 크로노스의 무대를 보기 시작했다.

〈크로노스〉의 마지막 댄스 브레이크.

이번엔 고유준이 아닌 마지막 파트를 부른 서현우가 이진성의 댄스 파트를 소화했다.

그제야 다시 터져 나온 환호.

음악 방송보다 가까운 곳에서 그들의 반응을 본 서현우는 씨익 웃으며 댄스를 마무리했다.

강주한이 서현우의 어깨 위로 손을 올려 내리누르고.

서현우는 이진성의 파트 그대로 내리눌려 무릎을 꿇고 고개를 숙였다.

"꺄아아악!"

"멋있다아악!"

곡이 끝나자 관객들이 크게 호응했다. 그중 이따금 "재 누구야?" 등등 멤버들의 이름을 묻는 관객들도 존재해 지켜보던 고리들의 마음이 괜히 뿌듯해지기도 했다.

멤버들은 천천히 자세를 풀고 마이크를 집어 들며 다시 일렬로 대형을 맞췄다.

서현우는 많이 힘들었는지 무릎을 꿇은 채 한참 숨을 헐떡이다 일어서 비틀, 멤버들 가운데에 자리 잡았다.

"와아, 너무 감사, 허억, 합니다."

진행을 이어 가는 멤버들의 숨소리가 거셌다.

"여러분들께서 생각, 한 것보다 훨씬 많은, 호응을 해 주셔서, 저희도, 더 열심히 무대 할 수 있었습니다."

"감사합니다!"

크로노스 모두가 강주한의 말에 맞춰 허리를 숙여 인사했다.

"여러분들의 모습을 보니 틴타대학교엔 정말 열정적인 분들만 가득한 것 같아요."

"워어!"

"축제가 끝날 때까지 즐겁고 열정 가득한 시간이 되기를 저희 크로노스도 바라겠습니다. 그런데 여러분, 아쉽게도 저흰 다음 곡을 마지막으로 인사를 드려야 할 것 같습니다."

"아아!"

다음이 마지막 곡이라는 말에 관객석에서 아쉬운 탄식들이 쏟아져 나왔다.

크로노스는 노래도 좋지만 무엇보다 보는 재미가 쏠쏠한 그룹이기에 더욱 아쉬움이 컸다.

하지만 강주한은 아쉬운 표정을 지으면서도 자연스럽게 진행을 이어 나갔다.

"저희도 너무 아쉽습니다. 꼭 다음에도 불러 주셨으면 좋겠습니다. 다음 곡은요, 아마 음원 사이트 이용하시는 분들은 아실 수도 있을 것 같아요. 〈블루 룸 파티〉라는 곡인데요."

"알아요!"

"아세요? 하하, 알아주셔서 감사합니다!"

크로노스가 차분히 진행을 이어 나갈 동안 뒤에서 구경하던 관객들이 속닥거렸다.

"〈블루 룸 파티〉가 쟤네 곡이었어? 헐, 아이돌 곡인 줄 몰랐네."

"그니까. 나도. 인디밴드 곡인 줄."

〈블루 룸 파티〉는 아이돌 곡으로서는 드물게 대중에게도 잘 알려진 크로노스의 곡이다.

요즘 트렌드를 잘 파악한 감성 힙합. 크로노스는 몰라도 〈블루 룸 파티〉는 듣는다는 사람이 있을 정도.

덕분에 강주한, 이번에 돈 좀 벌었다.

"〈블루 룸 파티〉는 제가 작곡하고 우리 멤버 유준 씨가 작사한 곡인데요. 이 곡을 대학생분들이 되게 많이 들으시더라고요."

"네에!"

"그런데 이 곡이 크로노스 활동 곡인지는 잘 모르시지 않을까 해서 준비해 봤습니다. 크로노스의 마지막 곡은 〈블루 룸 파티〉입니다. 즐겁게 들어 주시고 남은 축제도 재밌게 즐겨 주시길 바랍니다!"

강주한이 말을 마치고 곧바로 〈블루 룸 파티〉 곡이 흘러나왔다.

음악 방송에서는 카메라와 무빙하면서 잔망을 떨어 대던 개인 파트.

후렴구와 엔딩을 제외하면 따로 안무가 없는 곡이라 멤버들은 개인 파트를 부를 때 무대 앞으로 향해 관객들에게 잔망을 떨어 댔다.

물론 카메라에서 하듯 잔망을 떨지는 못하고 손을 흔들어 주거나 호응을 유도하는 정도가 다였지만 그것만으로도 달아오른 분위기에선 빠르게 반응이 돌아왔다.

가볍게 무대를 한 번 돌고 후렴구에는 다 같이 안무를 추고 이따금 의자에 앉아 노래를 부르는 이진성에게 가서 장난도 치며 무난하게 이어 가던 〈블루 룸 파티〉.

비 오는 날 첫 행사라고 걱정했던 고리들도 그쯤 되자 슬슬 안심하고 정말 제대로 즐기기 시작했다.

그때였다.

입술 사이 차가운 얼음을 물고

즐거움을 태워, 시원함을 만끽해

이 순간도 추억이 될

블루 룸 파티

멤버들이 다 같이 모여 가벼운 안무를 선보이는 도중 고유준이 미끄러지며 넘어지지 않으려 버둥거리기 시작했다.

"어어."

그때 곁에 서 있던 서현우가 고유준의 손을 잡아 미끄러지지 않도록 제대로 세워 줬는데…….

"……저게 뭐야아~."

관객들 사이에 따뜻한 웃음소리가 흘러나왔다.

갑작스러운 상황에 정신이 없었던 건지, 아직도 무대에서 긴장하고 있었던 건지 고유준을 붙잡고 있는 서현우의 진지한 표정과는 별개로 다리가 여전히 〈블루 룸 파티〉를 추고 있었다.

"푸흡!"

아주 대단한 프로 의식이었다.

진지하게 고유준을 고정시켜 주던 서현우는 관객들의 반응에 뒤늦게 제 상태를 알아차리고 민망함에 웃음을 터트렸다.

그의 중얼거림은 립싱크라 뭐라고 하는지 들리지는 않았지만 "아, 부끄러." 정도의 말인 듯했다.

그때 제대로 선 고유준이 장난스레 서현우의 팔을 붙잡고 앞으로 뒤로 다리를 움직이며 서현우를 따라 했다.

본의 아니게 왈츠를 추는 모양새가 된 상황.

"귀여워……. 어떡해 너무 귀여워어!"

그것을 지켜보는 고리들은 난리가 났다.

서현우는 얼굴을 새빨갛게 물들인 채 고유준에게 양 손목을 잡혀 앞뒤로 끌려다니고 고유준은 신이 났다.

그를 지켜보는 멤버들 또한 분위기를 타 그에 맞춰 앞뒤로 움직여 율동했다.

부끄러운 건 서현우뿐이다.

대학 축제만의 편안한 분위기.

가벼운 해프닝들로 모두가 즐거웠던 〈블루 룸 파티〉가 끝이 났다.

"감사합니다! 크로노스였습니다!"

공연이 모두 끝이 나고 크로노스가 고개 숙여 인사한 후 무대 밑으로 내려갔다.

"아따, 마지막 왈츠까지 완벽했다."

"애들 첫 행사부터 레전드 찍으면 어쩌란 거야."

"현우 백금발 개쩔었어. 무대 봐야 하는데 카메라 화면에 사람은 없고 요정만 있어서 한참이나 봤잖아. 아까워 죽겠어."

팬들은 한참 현실 주접을 떨며 찍었던 영상을 돌려 보았다.

대학 축제 특유의 편하고 열기 띤 분위기.

덕분에 첫 행사임에도 불구하고 긴장을 덜어 낸 멤버들의 자연스러운 무대 매너.

경연 이후 훨씬 늘어난 테크닉으로 다시 선보이는 〈크로노스〉와 마지막 왈츠까지.

이것보다 더 우려 먹을 떡밥이 어디 있단 말인가!

오늘의 리즈 갱신은 백금발 서현우가 했지만 사실 다른 멤버들도 시선을 떼지 못할 정도로 예쁜 건 말할 필요도 없이 당연하다.

"오늘 다들 고생했어. 밥이나 먹고 집에 가자."

"그래. 야, 너 현우 직캠 언제 올릴 거냐?"

"보정 편집 끝나는 대로. 내일부터 업로드 전까지 나 부르지 마. 이렇게 잘 나온 건 완벽하게 만들어서 올리고 싶다고."

"오케이. 올려 주면 100뷰는 내가 찍어 줌."

그녀들의 광대가 승천해 내려올 생각을 하지 않았다.

그로부터 3일이 지나 너튜브 어느 한 금손 팬 채널에 영상이 업로드 된다.

[4K]XX1023 틴타대학교 축제 크로노스 서현우 직캠

안 그래도 비가 와서 예쁜 색채에 깔끔한 영상미, 보정,

영상 중 서현우의 가장 예쁜 모습을 내놓은 썸네일.

팬이 아니더라도 썸네일에 끌려 클릭해 볼 수밖에 없는 약 15분가량의 영상은 업로드된 이후 많은 사람들에게 입덕 부정기를, 입덕 부정기였던 사람들에겐 확신을 주는 레전드 직캠 영상이 되었다.

[4K]XX1023 틴타대학교 축제 크로노스 서현우 직캠
댓글 1,214개
└Rikds/ 내가...이런 애를 두고...입덕부정기를.... ㅅㅂ 존나 잘생겼네. 고리 개구리다고 생각했는데 이제 내가 고리임ㅋㅋㅋㅋ마지막 멤버와의 왈츠까지 완벽쓰

└loso/ Thanks for the beautiful fancam

└서현우쳐돌이/ㅜㅜㅜㅜ쟤 신인 맞나고ㅜㅜㅜㅜㅜ현우야...니 찌푸린 미간 하나하나가 날 죽여...사랑해...사랑한다고...!

└hotb/형...내가 여기 몇 번째 들어왔는지 알아...? 미치겠어...

└정하/얘 독무 진짜 미친 거 아님????? 무대 하기 전에 발 툭툭 굴려서 미끄럼 확인하는거에 제대로 치였다...이래서 서현우서현우 하는 거구나

└mayui/이런 애들이 성공해야함 직캠에서 한동안 빠져나오지를 못했다. 다들 외모 찬사만 하는데 난 이 멤버 표정연기 깔끔한 춤실력, 멤버와의 캐미에 주목함

└cu sl/ 여러분 이거 크로노스 첫행사에요ㅜㅜㅜㅜㅜㅜㅜ

ㅜ첫행사를 이렇게 잘치뤘다고ㅜㅜㅜㅜㅜㅜㅜㅜㅜㅜ미쳤다고ㅜㅜㅜㅜ

ㄴdianne/ who is he? omg so beautiful fancam!!!

ㄴwhffu/ 오늘 서현우 미모 역대급인데??? 미모,헤어,의상, 세트리스트 다 미쳤음.... 백금발이 장난이야!!! 이렇게 잘 소화하면 어떡해ㅜㅜㅜㅜㅜ

ㄴ내새끼하고싶은거해/외모 무슨 일이냐...하늘에서 이제막 떨어진 천사인줄...무대장인 서현우 널 좋아하길 잘했어ㅜㅜㅜㅜㅜㅜ

ㄴㅇㅇ/ ㅋㅋㅋㅋㅋㅋㅋㅋㅋㅋㅋㅋㅋㅋㅋㅋㅋ마지막 유준이랑 짝짝꿍 먼델ㅋㅋㅋㅋㅋㅋㅋㅋㅋㅋㅋㅋㅋㅋ자본주의 하첼ㅋㅋㅋㅋㅋㅋㅋㅋㅋㅋㅋㅋㅋㅋㅋ오늘도 평화로운 룸메즈★

너튜브에 올라온 내 직캠 영상이 그렇게 반응이 좋다며 하이텐션의 지혁 형이 링크를 보내왔다.

지혁 형뿐만 아니라 스트릿센터의 우정 형, 그리고 우리 진성이까지 올라온 직캠 영상 꼭 보라며 신신당부를 했다.

아니, 행사 당시 모니터링은 매니저님이 찍어 주신 영상으로 충분히 했고 분명 그 내용 속 민망했던 〈블루 룸 파티〉도 포함되어 있을 것 아닌가.

나중에 나중에 하며 미뤄 오던 직캠 영상 재생은 결국 고유준이 직접 영상을 틀어 보여 줌으로써 보게 되었다.

사람들의 말대로 신인 아이돌의 솔로 직캠치곤 높은 조회

수에 팬들도 많이 좋아하는 것 같아 이런 흑역사 영상도 나쁘진 않았다.

"거봐. 너 좋아할 거라고 했지?"

고유준의 말에 그제야 내가 실실 웃고 있다는 걸 깨달았다.

"아니거든."

사실 맞다. 나도 사람인지라 내 칭찬을 들으면 기분 좋아지는 것은 어쩔 수 없나 보다.

"형, 정말 멋있었어요. 저도 몇 번이나 돌려 봤어요. 어떻게 이렇게 무대를 잘하지? 하면서."

"고맙다 윤찬아."

난 내 옆자리에 탄 윤찬이에게 씨익 웃어 주었다.

구불구불한 시골길을 지나며 차가 줄곧 덜컹거렸다.

영이 선생님의 저택으로 향하는 차 안, 본래 영이 선생님과의 만남은 나와 고유준만 가지려 했지만 우리 둘은 유독 어른에게 낯가림이 심하기도 해서 매니저님이 윤찬이까지 동행하도록 결정을 내렸다.

매니저님 피셜, 윤찬이가 크로노스 멤버들 중 그나마 선생님께 예쁨받을 상이라고 한다.

우린 각자 품에 영이 선생님께 드릴 선물을 하나씩 끌어안고 창밖 시골 풍경을 바라보았다.

평온하기 그지없는 풍경.

하지만 대대대선배님을 보러 가는 나의 마음은 어지럽기 그지없다.

"그런데 매니저님."

"네."

한참 돌길을 달리고 있는 와중, 윤찬이가 자신이 들고 있는 분홍색 상자를 바라보며 말했다.

"이거 영이 선생님께 드릴 선물…… 아닌가요?"

매니저님은 백미러로 윤찬이가 든 상자를 보더니 고개를 끄덕였다.

"맞습니다."

"뭔데 그래?"

고유준이 윤찬이가 든 선물을 확인하고 윤찬이와 같은 의아한 표정을 했다.

"장난감 인형 세트?"

"정확하게는 영이 선생님 손녀분께 드릴 선물입니다, 그건."

"손녀요?"

매니저님은 고개만 끄덕이고 더는 말하지 않았다. 하지만 백미러로 보이는 매니저님의 표정이 드물게 질려 보이는 건 기분 탓일까.

"이제 곧 도착합니다. 선생님께서 직접 문을 열어 주시면 예의 바르게 인사하시고 아니라면 조용히 집 안으로 들어가세요."

"네!"

덜컹거리던 차는 익숙하게 커다란 대저택 지하로 들어가 주차되었다.

"여기가 영이 선생님 댁이에요? 와, 진짜…… 엄청 크다."

고유준이 감탄하며 고개를 이리저리 돌려 댔다.

주차장도 넓을뿐더러 엘리베이터까지 딸려 있는 집이라니. 물론 방송 등에서 영이 선생님의 집이 장난 아니게 호화롭고 특이하다는 이야기는 수시로 회자되었지만 실제로 보니 훨씬 웅장하게 느껴졌다.

"선생님께서 작업 중이실 수도 있으니 되도록 조용히 저를 따라와 주세요."

"네."

매니저님은 주차장에서 집으로 올라가는 문 앞에서 멈칫, 작게 심호흡을 하고 자신의 휴대폰을 켜 배경화면 사진을 뚫어지게 쳐다보았다.

"아, 매니저님, 당사자가 여기 있는데 흑역사 사진 꺼내시는 건 좀."

"죄송합니다. 현우 씨."

아무래도 이 만남은 매니저님까지 마음의 준비를 단단히 해야 하는 만남인 모양이다.

매니저님이 자신의 옷매무새를 다듬고 비장하게 활짝 문

을 열었다.

도대체 영이 선생님은 어떤 분이시길래 매니저님까지 이렇게 긴장하게 만드신 걸…… 어우.

난 문이 열리고 집으로 들어가는 복도를 보자마자 매니저님 긴장의 이유를 곧바로 알 수 있었다.

"호……피?"

마치 정육점을 연상케 하는 붉은 조명, 호피 무늬의 벽지.

아니 집으로 들어가는 계단식 복도를 이렇게까지 화려하게 꾸며 놓으시다니…….

복도로 내 영혼이 빨려 들어가는 듯한 기분이 드는 건 기분 탓인가?

우리가 들어가기 전 당황하며 멈춰 서자 매니저님은 괜찮다는 듯 우리를 힐끔 보곤 먼저 계단을 올랐다.

그러곤 붉고 반짝이는 인조 대리석으로 꾸며진 현관에 다다라 초인종을 눌렀다.

"여기 집 맞아?"

고유준이 나와 윤찬이에게만 들릴 정도로 작게 속삭였다.

맞긴 맞는 것 같은데 진짜 집인지 시골구석에 차려진 클럽인지 헷갈릴 정도로 뭔가, 뭔가…… 굉장했다.

매니저님이 초인종을 한번 더 누르고 조금 시간이 지나 현관이 크게 덜컹거렸다.

"누구세요!"

나이를 가늠할 수 있을 정도로 어린 목소리. 몇 번 문고리가 달랑달랑하더니 문이 열렸다.

눈앞에 떡하니 보이는 커다란 호랑이 그림, 내 시선엔 사람이 보이지 않아 자연스럽게 고개를 내렸다.

"아……."

윤찬이가 작게 탄식했다. 많아 봐야 7세 정도 되어 보이는 작은 여자아이가 멀뚱히 우릴 올려다보고 있었다.

난 움찔, 조금 뒤로 물러서려다 자세를 바로 하고 무릎을 굽혔다.

"안녕하세요."

내가 인사하자 아이는 아직 경계하는 눈빛으로 고개만 까딱거렸다.

그러자 매니저님이 전에 없던 자상한 미소를 띠며 말했다.

"로아야, 이 오빠들이랑 할머니 만나러 왔는데 들어가도 될까?"

"실장님, 이 사람들 누구예요?"

이름이 로아인 이 아이는 매니저님을 실장님이라고 불렀다.

"실장님 친구들이야."

그러자 그제야 여자아이는 문을 완전히 열어 주었다.

"감사합니다."

"실례하겠습니다."

우린 로아에게 꾸벅꾸벅 인사를 하며 안으로 들어섰다.

복도를 지날 때부터 파워풀 하던 집 분위기는 집 안에 들어서자 더욱 휘황찬란했다.

보석 가득 박힌, 마치 성당의 스테인드글라스 창문을 바닥으로 옮긴 것 같은 대리석 문양, 붉은 벽지와 붉은 가죽 소파, 그리고 벽에 걸린 호랑이 그림.

솔직히 말하면 조금 무서웠다.

우리가 머뭇거리며 서 있자 매니저님이 소파를 가리켰다.

"선생님께서 작업 중이신 듯하니 앉아서 기다리시면 제가 모시고 나오겠습니다."

"네……."

매니저님은 넓은 집의 복도 너머로 사라지셨고 우린 로아의 호기심 어린 눈빛을 받으며 뻘쭘하게 소파에 앉았다.

윤찬이는 머뭇거리다 자신이 들고 있던 상자를 로아에게 내밀었다.

"저…… 이거 선물이에요."

"선물?"

"네, 로아 양 드리려고."

로아는 윤찬이가 건넨 장난감 인형 상자를 만지작거리더니 다시 윤찬이를 바라보았다.

"언니가 이거 사 온 거예요?"

"……언니?"

당혹스러운 윤찬이의 말을 마지막으로 잠깐 정적이 일었다.

"……풉! 윤찬이 언니……."

고유준이 터졌고 뒤이어 나도 터졌다.

윤찬이 언니래, 언니.

"형……."

"언닌데 왜 오빠들보고 형이라고 해요?"

로아의 두 번째 어택에 윤찬이는 한번 더 상처받은 표정으로 얼굴을 붉혔다.

"저 언니 아닌데……."

하긴 예쁘장하게 생겼으니 언뜻 아이의 시선으로 보면 언니로 착각할 수도 있을 것 같기도 하고.

"언니…… 아니에요?"

로아가 울먹한 표정을 지었다. 언니가 아닌 것에 왜 아쉽고 서운한 표정을 하는지 아이의 마음은 잘 알 수 없지만 저 귀엽고 안쓰러운 모습은 다시 한번 윤찬이의 비장함을 꺼내기에 충분했다.

"언니…… 해도 돼요. 맞아요……."

"아니힝…… 윤찬아……."

나와 고유준이 필사적으로 웃음을 참았다. 저런 것까지 양보해 줄 필요가 굳이 있을까 싶긴 한데, 또 윤찬이니까, 윤찬이다운 행동이었다.

하지만 우리가 윤찬이를 비웃을 때가 아니라는 걸 깨닫기까진 얼마 시간이 걸리지 않았다.

"오빠! 오빠는 머리 색깔 왜 그래요? 우리 할머니는 빨강색인데!"

"로아 할머니는 머리색이 빨강색이에요?"

"오빠는 머리색이 노란색이에요! 왕자님 같아! 로아도 오빠 같은 머리색 되고 싶은데……."

로아는 내 머리색을 신기해하더니 갑자기 도도도도 뛰어가 자신의 사람 모양 인형을 들고 왔다. 그러곤 인형의 머리색과 내 머리색을 비교하기 시작했다.

"오빠 머리색이랑 똑같다!"

"그렇네요. 하하."

"머리 묶어 봐도 돼요?"

"묶어요……? 아, 어, 네."

난 순순히 머리를 대 주었다. 로아는 신나서 빨간 하트 장식 고무줄을 가지고 와 내 머리를 묶어 냈다.

내가 윤찬이를 비웃을 게 아니었다. 어린아이가 부탁하면 거절하기가 좀 그렇지 않은가.

윤찬이에 이어 나까지 당하는 걸 보며 비웃던 고유준, 녀석이라고 상황이 다른 건 아니었다.

내 머리를 묶은 로아의 다음 타깃은 고유준이었으니까.

"오빠 머리도 묶어도 돼요?"

"어어? 나? 어…… 네."

난 로아의 뒤에서 고유준을 보며 픽 웃었다.

지도 마찬가지의 대답이면서.

"어어…… 그래도 형은 머리 잘 묶였어요. 로아 머리 잘 묶네요. 사과 머리."

그 와중에 박윤찬이 위로랍시고 말을 건네 왔다. 무슨 위로인지는 모르겠다.

그 이후 로아는 절대로 묶인 머리를 못 풀게 했다.

"많이 기다렸어?"

얼마 지나지 않아 영이 선생님께서 문을 벌컥 열고 거실로 나오셨다. 우린 벌떡 일어나 인사했다.

"안녕하십니까! 선배님!"

"……머리에 그거 뭐야. 로아가 그랬어?"

"아……."

큰일 났다. 우린 결국 영이 선생님과의 첫 만남에 하트꽁지머리를 하고서 인사한 꼴이 되었다.

하트 장식 머리 끈으로 사과 머리를 한 채 바짝 긴장해 인사하는 우리를 보며 영이 선생님은 웃음을 터트리셨다.

우리가 민망함에 주섬주섬 머리 끈을 풀려고 하자 그마저 로아가 절대 안 된다며 내 팔을 내려 버렸다.

"귀여운데 뭐 어때? 괜찮으면 그냥 달고 있어."

"앗, 넵!"

한참 작업 중이셨는지 살짝 흐트러진 파마머리, 붉게 염색하시기도 했고 인상이 워낙 강렬하신 분이라 눈도 못 마주친 채 기가 죽었다.

우린 가시방석에 앉은 것 같은데 영이 선생님은 후배들의 이런 반응이 매우 익숙하신 듯했다.

"우리 애들, 이름이 뭐였지? 크로…… 뭐인가."

"크로노스입니다."

우린 한 사람씩 자기소개를 했다. 영이 선생님은 꼭 눈을 맞추며 멤버 각자의 말에 일일이 고개를 끄덕여 주셨다.

"머리 노란 잘생긴 애가 현우, 보라색 예쁜 애가 윤찬이, 남자답게 생긴 멋진 애가 유준이 맞지?"

선생님의 말에 매니저님이 고개를 끄덕였다.

"네, 맞습니다. 선생님."

"그래서 실장님, 얘네랑 뭐 하면 되는데?"

매니저님은 잠시 멈칫하더니 아무렇지 않게 말을 이었다.

"한번 말씀드리긴 했습니다만 선생님께서 앨범을 발매하신 이후 스케줄에 가끔 크로노스 멤버들이 객원 멤버로 동행하게 될 겁니다."

"그건 들었지. 실장님이 미리 말해 줬잖아."

"네, 선생님께서 방송에 출연하신다고 하면 텐텐 곡을 불러 주길 원하는 사람이 많지 않겠습니까. 그땐 이 친구들이 댄스와 남자 파트를 맡아 줄 겁니다."

영이 선생님은 씁쓸하게 매니저님의 말을 들으며 고개를 끄덕였다.

"신곡보다 텐텐 곡이 더 반응이 좋을 테니 어쩔 수 없지 뭐."

"그런 뜻은 아니었습니다."

"에이, 실장님. 내가 이 업계에 몇 년을 있었는데 그것도 모르겠어? 고마워서 하는 말이니 그냥 가만히 들어도 돼."

"네……."

중년을 넘긴 나이.

각종 히트곡을 연달아 내며 한창일 이십 대 청춘에 이루어낸 전성기는 안타깝게도 텐텐이 해체함과 동시에 빠르게 하락세를 맞았다.

그렇게나 잘나가던 영이 선생님은 발라드 가수로 전향했으나 뜨뜻미지근한 반응조차 얻지 못하고, 결국 지금까지 영이=텐텐 멤버 이미지에서 벗어나지 못하였다.

크로노스 홍보를 위해 영이 선생님과 함께 출연한다고 김실장이 에둘러 표현하긴 했지만, 우리의 인기를 생각하면 사실 크로노스 홍보보단 우리의 출연으로 영이 선생님의 스케줄을 하나라도 더 잡으려는 의도가 다분했다.

"하아."

영이 선생님은 한숨을 쉬며 날카로운 눈으로 우릴 둘러보았다. 선생님의 시선이 우리의 얼굴을 바라보다 내 정수리

위 하트 장식으로 향했다.

"뭐, 조용하고 말 잘 들을 것 같은 애들이라 다행이네."

"잘 부탁드립니다!"

으음, 솔직히 아직은 그렇게 소문만큼 막 까다롭다는 건 못 느끼겠는데.

오히려 내가 본 영이 선생님은 기는 세도 굉장히 너그러우신 분 같았다.

매니저님이 저택에 들어오기 전 왜 그렇게까지 긴장했는지 잘 모를 정도로.

매니저님은 자신의 수첩을 펼쳐들었다.

"선생님의 앨범 발매는 말씀드렸던 대로 11월 중순으로 예정되어 있습니다. 11월 20일, 〈헤일로의 음악 버스〉에 출연 예정이고요. 감사하게도 선생님 특집으로 기획해 주신답니다."

영이 선생님이 눈꼬리를 확 접으며 생글 웃었다.

"어머! 고마워라! 크로노스도 같이 가겠네에!"

그에 맞춰 매니저님도 살짝 미소 지었다.

"그렇습니다. 선생님 솔로곡 3곡, 텐텐 메들리로 갈 것 같은데 어떠신가요?"

"좋지. 곡은 내가 정할게. 애들이랑 연습은 언제부터?"

"크로노스 활동이 끝나는 다음 주부터입니다."

그 이후에도 영이 선생님은 한참이나 매니저님께 이것저

것 앞으로의 활동에 대해 상세하게 물어보셨다.

매니저님은 '아니 이런 것까지 물어봐?' 싶은 질문에 대해서까지 빠르게 대답을 꺼내 놓았다.

영이 선생님과 3년이나 일했다고 하시더니 영이 선생님이 어떤 질문을 하실지 미리 예습이라도 해 오신 모양이었다.

"일단 알겠어. 일정 틀어지지 않게만 신경 써 줘. 그런데 나 이제 작업해야 하는데."

우리는 완전히 배제된 채 한참이고 매니저님과 대화를 이어 가던 영이 선생님이 툭 하고 말을 내뱉었다.

우리를 바라보는 눈빛이 이제 할 이야기 끝났고 적당히 입도 털었으니 얼른 사라지라는 뜻을 적나라하게 담고 있었다.

우린 눈치를 보며 어기적어기적 일어났다.

"얘들아, 여기까지 오느라 고생했고 다음에 보자. 내가 한참 곡 만들다 나와서 많은 대화는 못 하겠네."

"예에, 선배님. 다음에 뵙겠."

"왜 벌써 가요?"

우리가 일어나자 선생님의 무릎에 앉아 있던 로아가 도도도도 달려와 윤찬이의 소매를 잡아당겼다.

"자고 가면 안 돼요?"

"……네?"

"쓰읍, 로아야. 이리 와. 오빠들 가야 해."

"할머니 바보! 오빠 아니고 언니야!"

"……언니?"

영이 선생님이 인상을 찌푸리며 윤찬이를 바라보았다.

그냥 바라보시는 건지 노려보시는 건지 아무튼 눈길을 받은 윤찬이는 얼어붙었다.

"어허! 로아, 이리 와. 실장님 곤란하잖아."

"로아가 머리도 묶어 줬는데! 고마우면 자고 가야 해."

"할머니가 억지 부리지 말랬지! 오빠들은 로아한테 인형 줬잖아."

그러자 로아는 선생님을 홱 노려봤다.

"할머니 싫어!"

이것 참, 굉장히 난감한 상황이다.

마치 사과 머리로 영이 선생님을 맞이했던 때만큼이나 난감한 기분.

우린 어쩔 줄 모르고 일제히 매니저님을 바라보았다. 그러자 매니저님은 피곤한 얼굴로 다시 한번 휴대폰 속 내 사진을 들여다보셨다.

'아니 여기서 도대체 왜?'

그러더니 사무적인 미소를 지었다.

"선생님 마침 점심시간이고 나가서 식사나 하시는 건 어떻겠습니까?"

"밥?"

"로아도 멤버들이랑 더 놀 수 있고 괜찮을 것 같은데요.

저희가 대접하겠습니다."

영이 선생님은 떼를 쓰는 로아와 시계를 한 번씩 보더니 한숨을 쉬며 고개를 끄덕였다.

"밖으로 나가자. 시장까지 가야 해. 내가 앞으로 갈 테니까 실장님이 애들 챙겨서 내 차 따라와."

"네, 선생님."

매니저님 하시는 걸 보니 로아가 떼쓰는 게 한두 번이 아니었던 모양이다.

로아는 아마 나나 고유준보다 '언니' 윤찬이가 매우 마음에 든 모양으로 윤찬이를 따라 우리와 차까지 같이 탔다.

"윤찬 씨, 로아 안전띠 좀 채워 주세요."

"네."

보조석에는 고유준이, 뒷좌석엔 윤찬이, 로아, 나 순으로 앉았다.

로아는 짧은 다리를 달랑달랑 흔들며 한 손은 윤찬이, 한 손은 내 손을 잡았다.

난 로아의 손을 살짝 감싸 쥐며 머리에 묶인 머리 끈을 풀려고 했다.

그러자 이번에도 역시 로아가 절대 안 된다며 맹반대를 하고 나섰다.

"오빠 풀지 마요!"

"어음, 이제 밖이라서 이거 계속 하고 있으면 너무 부끄러운데. 풀면 안 될까요?"

내가 최대한 미안한 표정을 짓고 말해 보았지만 로아는 단호하게 고개를 저었다.

"안 돼요! 풀면 왕자님이 되잖아요."

"……왕자님이요?"

무슨 말일까. 내가 알아듣지 못하는 눈치자 로아가 답답한 얼굴을 하며 제 가슴께를 통통 쳐 댔다.

"머리를 풀면 금발머리 왕자님이 되잖아요! 왕자님은 공주님이랑만 손을 잡을 수 있으니까 그러면 로아랑 손 못 잡아요."

"……."

핫씨, 귀여워.

아무래도 내 머리색이 동화 속에 흔히 나오는 왕자님 머리색과 같아서 그러는 모양이다.

왕자님은 하트 머리 끈으로 머리를 묶고 있지 않으니까 머리를 묶고 있으면 왕자님이 아니다 이런. 뭐, 그런. 잘은 모르겠지만.

난 아니라고 고개를 저으며 로아와 눈을 맞췄다.

"아니에요. 로아 양은 공주님이라 머리 풀어도 오빠랑 손 잡을 수 있어요. 머리 풀면 안 돼요?"

아무리 그래도 시장엔 사람이 많을 거고.

다 커서 사과 머리 하고 돌아다니는 건 좀 많이 부끄럽지 않을까.

하지만 이번에도 역시 로아는 고개를 획획 저었다.
"안 돼요."
안 되나 보다.
"도착했습니다."
결국 나와 고유준, 그리고 로아의 머리핀을 꽂게 된 윤찬이까지. 모두 머리에 하트를 단 채 시장에 도착했다.
"아아. 숙소로 돌아가고 싶다."
고유준이 해탈한 표정으로 말할 때마다 정수리의 꽁지가 달랑거렸다.
심지어 고유준의 머리는 나와 윤찬이보다 짧아서 저건 귀엽지도 않고 그냥 웃기기만 했다.
"나도."
우리를 지나치는 사람들이 제 눈을 의심하며 우리들을 재차 쳐다보고 제 갈 길 가기를 반복했다.
솔직히 창피해 죽겠다.
살짝 얼굴이 뜨거워지는데 이건 햇빛 때문일까, 쪽팔림 때문일까.
"오빠, 여기!"
매니저님과 윤찬이가 짐을 챙기는 동안 로아는 많이 와 본 곳인 듯 나와 고유준의 손을 잡고 익숙하게 가게로 이끌었다.
먼저 도착한 영이 선생님은 우릴 힐끔 보고 곧장 들고 있던 휴대폰으로 시선을 옮기셨다.

우린 로아와 함께 영이 선생님이 계신 테이블로 향했다.

"머리 끈 아직도 하고 있네?"

"네, 그…… 풀지 말라고 해서요."

"풀어도 돼. 울든지 말든지 똥고집 부리면 혼낼 거니까."

나와 고유준이 부르르 떨듯 고개를 저었다.

"괜찮습니다! 돌아갈 때까지만 하면 되는데요."

영이 선생님 눈치를 보니 로아 안 그래도 오늘 가서 조금 혼날 거 같긴 하지만.

영이 선생님은 픽 웃으며 장난스럽게 말했다.

"창피할 텐데. 여기 대학가라 젊은 사람들 많이 들어오거든."

"아……."

괘, 괜찮다.

우리가 자리에 앉고 곧 윤찬이와 매니저님도 가게 안으로 들어왔다.

"어서 오세요…… 어."

메뉴판을 들고 오던 직원이 우릴 보고 잠시 멈칫하다 곧 걸음을 계속했다.

우리를 알아본 건지 머리 끈 때문인지는 모르겠지만 차라리 후자 때문에 멈칫한 것이길.

머리 끈 단 남자들이 크로노스인 걸 몰랐으면 좋겠다.

"전골 좋아해?"

"네!"

"그럼 전골로 주세요."

영이 선생님은 메뉴판을 펼치지도 않은 채 주문을 마쳤다.

잠시 침묵이 감도는 물티슈 손 세척 시간.

그나마 쉬지 않고 쫑알쫑알 말하는 로아가 있어 어색하지는 않았다.

"로아가 잘생긴 오빠들을 좋아해. 귀찮지? 미안하게."

"아니요. 저흰 진짜 괜찮아요, 진짜."

영이 선생님이 로아를 보며 말했다.

"로아야, 이 오빠들 누군지 알아? 요즘 제일 유명한 가수래."

"로아도 나중에 가수 할 건데."

"할머니도 가수였는데 알라나. 이제 퇴물이라 모르지."

선생님이 농담조로 말하며 웃었다.

"내가 선배로서 한마디 조언하는데 나이 들어서도 퇴물 소리 안 들으려면 지금부터 솔로로서 기틀을 바짝 닦아 놔야 해."

"솔로로서의 기틀이요?"

고유준의 되물음에 선생님이 고개를 끄덕였다.

"그룹은 한참 잘 유지되다가도 어떻게 될지 모르는 거야. 미리 기틀을 잘 닦아 두면 갑자기 혼자가 되어도 잊히는 일은 없을 거야. 퇴물 선배의 경험담이니 머리에 박아 둬."

"퇴물이라니, 선배님 그런 말씀 마세요."

내가 성심을 다해 영이 선생님의 말을 부정할 때였다.

"실례합니다, 손님."

가게의 주인으로 보이는 중년의 남성이 종이와 볼펜, 그리고 음료를 들고 우리에게로 다가왔다.

"음료수는 서비스고요. 혹시 괜찮으면 여기 남자분들 사인 좀 받을 수 있을까요?"

남자가 테이블에 음료를 내려놓으며 머쓱하게 말했다.

"아까 여기 메뉴판 주고 간 저희 딸내미가 그러던데. 되게 유명한 분들이라고……."

젠장. 우리가 머리 끈 단 크로노스인 거 알아보셨나 보다.

[자유게시판][HOT]우리아빠 가게에 크로노스 옴;;
여기 진짜 깡촌 시골 구석 시장 안 식당인데 내 눈을 의심했음
내가 크로노스 팬도 아니고 멤버들 이름은 모르겠는데 크로노스인건 확실;; 음방에서 많이 본 얼굴임
뭔일인지는 몰겠는데 매니저로 보이는 정장입은 남자랑 크로노스로 보이는 사람 셋이서 식당에 자주 오는 쌉간지나는 할머니랑 애기랑 합석하더라
멤버 누군지를 몰라서 외모묘사를 좀 하자면
한명은 음방에서 제일 분량많은 백금발에 야하게 잘생긴 덕후몰이상 또라이 캐였고 한명은 좀 기세게 생긴 좀 무서운? 학교에서 좀 놀았을 것 같은 배우상, 한명은 ㅈㄴ 예쁘게 생겼음 눈 크고 약간 여리여리한 느낌
이정도면 팬들은 알아먹었겠지
암튼 어케된거냐면 우리 가게 자주오는 할머니랑 애기 있거든. 머리색 겁나 쨍하고 포스가 남달라서 기억하고 있는데 아빠말로는 옛날에 되게 유명했던 가수랬음
오늘 점심시간에 할머니 혼자 들어오길래 아 오늘은 혼자서 식사하시려나보다 했는데 나중에 크로노스가 애기랑 손잡고 들어옴

애기가 그런 것 같은데 멤버 셋다 하트였는지 사과였는지 빨간색 머리끈으로 사과머리하고 있었음ㅋㅋㅋㅋㅋㅋㅋㅋㅋㅋㅋㅋㅋㅋㅋㅋㅋㅋㅋ
키큰 남자 셋이서 그거 달고 다니는 거 개웃겼는데 티 못냄ㅋㅋㅋㅋㅋㅋㅋㅋㅋㅋㅋㅋㅋㅋㅋㅋㅋㅋㅋㅋㅋㅋㅋ애기 못다뤄서 안절부절하는 것같았음!
사진은 좀 아닌 것 같아서 사진 안 찍었음
댓글로 질문 받는다

댓글 862
ㄴ주작 좀 작작;;
ㄴ크로노스 판에 와서 이러지 마세요...ㅎ 아무도 안믿음
ㄴ저거 현우유준윤찬이 같은데 매니저랑 옛날가수 만났다는 거 보면 뭐 준비하는 거 아님?
ㄴㅋㅋㅋㅋㅋㅋㅋㅋㅋㅋㅋㅋ이거 진짜면 머리끈으로 머리 묶고 계속 다닌겨?ㅋㅋㅋㅋㅋㅋㅋㅋ왜 안풀었댁ㅋㅋㅋㅋ셋다 창피한 거 못참는 타입 아님??ㅋㅋㅋㅋㅋ
　　ㄴ쓰니인데 애기가 절대 못풀게 하는 것 같았엌ㅋ백금발 멤버 계속 머리 신경쓰였는지 풀려고 했는데 애기가 계속 제지함
ㄴ아니 크로노스가 시골에 왜 나타남...아니 다들 저걸 왜 믿지...? 아니에요...님들 저거 주작...답답해 죽겠네 제발 이런 것좀 믿지 말라고....
ㄴ윗님 아님. 현우랑 윤찬이는 창피해도 의외로 목적앞에 수치를 잊어버리는 타입이고 제일 쪽팔렸던 건 유준일듯. 유준이 의외로 애들 중에서 젤 정상인...
　　ㄴㅇㅇㄹㅇㅋㅋ유준이 맨날 잘 어울려 놀다가 민망함이 극에 달하면 폭소하면서 구경함. 비교적 덜또라이
ㄴ머리끈 듣기만 해도 너무 귀엽다ㅜㅜ애기한테 안절부절 못했다는 거도ㅜㅜㅜㅜㅜ애들이 사진 찍어서 올려줬음 좋겠다
　　ㄴㅇㅇ 잘 듣지는 못했는데 애기한테 존댓말 했던 거 같

음. 예의바르더라. 나한테도 계속 감사하다 그러고 우리 아빠도 호감이랬음
ㄴ근데 진짜 뭐하러 간거지? 멤버 셋에 옛날에 유명했던 가수를 매니저 대동해서 만난 거면 그냥 만나진 않았을듯

처음 커뮤니티에 목격담이 떴을 때, 대부분의 팬들은 이를 믿지 않았다. 보통 주작이라고 단정 짓거나 다른 이야기로 새서 멤버들의 캐해석(캐릭터 해석)을 하는 댓글들이 많았다.

심지어 글을 작성한 사람은 크로노스의 팬도 아니었기에 그냥 어그로를 끄는 많은 유저 중 하나로 취급되었다.

하지만 얼마 지나지 않아 이 글은 성지 글이 되는데.

파랑새에서 서현우, 고유준, 박윤찬의 목격짤(연예인을 목격하고 즉석에서 찍은 사진)이 뜨기 시작했기 때문이다.

윤찬바라기 @dkdjjj0305 · 1분
ㅁㅊ 어그로가 아니고 진짜였어...;;
(현우, 유준, 윤찬 사과머리, 로아 손 잡고 시장 걷는 사진.jpg)
답글8 리트윗 2.7k 좋아요 4.1k

한적한 시골 동네라도 대학로였기 때문일까. 한번 뜨기 시작한 목격짤은 이내 폭포수처럼 쏟아져 내렸다.

180이 넘어가는 멤버들이 하트모양 머리끈을 단 채 무념무상하게 걸어 다니는 모습, 애기를 챙겨 주는 모습 등.

주작이라 생각은 했어도 그래도 '사과 머리, 한번쯤 보고 싶은걸.' 하고 생각한 팬들은 폭소하고 좋아하며 스리슬쩍 자신의 갤러리에 사진을 저장했다.

조인현이 아닌 크로노스를 따라다니는 새로운 직원에 대한 이야기도 있어 매니저 교체설, 함께 이야기를 나눴다는 유명한 옛 가수가 같은 소속사 영이였다는 사실에 소속 가수들끼리 콜라보 하는 것이 아니냐는 설 등.

멤버들이 꼭 이 일화에 대해 언급해 주기를 바라며 난무하는 각종 떡밥과 함께 이번 프로젝트에 대한 팬들의 기대치가 높아졌다.

그런 한편, 영이 선생님과의 미팅을 무사히 마친 크로노스 멤버들은 크로노스 팀 스태프들과 함께 또다시 소회의실로 집합했다.

진성이가 〈블루 룸 파티〉 마지막 활동 주를 앞두고 깁스를 풀었다. 하지만 깁스를 풀었다고 해서 바로 무대에 설 수 있는 것은 아니고 재활 기간이 별도로 필요하다고 했다.

결국 진성이는 한 번도 〈블루 룸 파티〉 안무에 참여하지 못하고 활동을 마무리하기로 결정되었다.

"벌써 10월 마지막 주야. 시간도 참 빠르지."

김 실장의 수첩이 평소보다 너덜너덜하게 느껴지는 건 기분 탓일까.

10월 마지막 주. 그리고 다가올 11월의 첫째 주.

다른 직업 또한 그러하겠지만 지금부터 1월 초까지 연예계는 가장 바빠질 시기다.

12월부터 이어질 각종 시상식과 특별 방송.

크로노스는 올해 하반기에 꽤 큰 활약을 보인 덕분에 섭외 전화도 물밀듯 들어왔다.

"한창 바빠질 시기이지만 우리 모두 힘내 봅시다. 수환 씨는 애들 지치지 않도록 컨디션 관리 잘해 주고 행사 스케줄은 가급적 줄여 주세요."

"네."

김 실장이 수첩을 펼쳤다.

"일단 크로노스는 알뤼르의 활동이 끝나는 내년 1월 컴백을 목표로 할 겁니다."

"……조금 촉박하네요."

"신인이니까요. 되도록 신인은 빠른 주기로 방송에 얼굴 비치는 게 좋아요. 컨셉은 입학, 퍼레이드와 이어지는 크로노스 세계관 이야기로 꾸며질 겁니다."

김 실장의 말에 도 PD가 게슴츠레한 눈으로 주한 형을 바라보았다.

"주한이 이번에도 참여해 볼래?"

"……제가 참여해도 되나요?"

"물론이지. 〈블루 룸 파티〉 누가 작업했는데?"

주한 형의 작업 스타일이 도 PD님의 마음에 쏙 들었던 모양이다. 주한 형은 잠시 멍하니 있다 빠르게 고개를 끄덕였다.

"잘 부탁드립니다!"

그 외에 시상식에서 이루어질 콜라보 무대와 크로노스의 리믹스 무대, 영이 선생님과의 스케줄 등 〈블루 룸 파티〉컴백 때와는 사뭇 다르게 벅찰 정도로 많은 이야기가 오갔다.

아이돌로서의 연말을 처음 겪어 볼 우리 멤버들은 회의가 길어질수록 조금 겁을 먹고 창백해졌다.

하지만 트레이너를 하며 가장 바쁠 대형 기획사 아이돌의 연말을 지켜본 바 막상 닥치면 어떻게든 하기는 한다.

물론 스태프의 입장에서 봤을 때의 말이다.

김 실장님의 수첩이 또 넘어갔다.

이미 연말을 몇 년이나 겪어 봤을 기획 팀조차 헉 소리를 내며 상당히 질린 표정을 지었다.

김 실장님이 총대를 메고 들고 온 크로노스 기획의 화룡점정. 모두가 사뭇 긴장한 얼굴로 김 실장을 바라보았다.

김 실장님이 입을 열었다.

"조금 늦었다고 생각합니다만, 이건 크로노스 멤버들도 멤버들이지만 우리 기획 팀이 좀 고생할 것 같은데 크로노스 팬클럽 창단해야 하지 않겠습니까?"

"그으렇죠."

기획 팀장이 눈물을 머금고 고개를 끄덕였다.

일찍이 '고리'라는 팬네임이 만들어진 것에 비해 공식 팬클럽이 데뷔 싱글 활동을 종료할 때까지 만들어지지 않은 것은 좀 늦은 감이 있었다.

팬들 간의 단합이 워낙 잘되어서 망정이지, YMM이 아이돌 사업에 얼마나 서투른지 알 수 있는 부분.

"고리 공식 1기 모집 빠른 시일 내에 시작하시고 창단식, 내년 2월 컴백곡 활동 종료 이후로 일정 잡아 주세요."

"창단식이래 와."

진성이가 조용히 속삭이자 성 과장님이 곧바로 말했다.

"들뜨지 말고. 할 거 정말 많으니까 차근차근 열심히 하자. 진성이는 재활에 신경 쓰고."

"네!"

"끝."

"고생하셨습니다!"

우리의 일정 회의가 마무리되었다.

우리에게 정해진 일정은 많지만 그것들에 적응할 수 있도록 적당히 스케줄 분배를 해 주는 건 매니저님께 맡길 일이다.

지금 당장 신경 써야 할 건 영이 선생님과의 활동, 그리고 오늘의 〈블루 룸 파티〉의 마지막 무대.

이 무대를 마지막으로 두 달간의 휴식기에 들어가는 만큼 팬분들에게 어떻게 감사한 마음을 전해야 할지 고민했다.

오랜 의논 끝에 우리가 생각해 낸 것은.

―대기실에 놀러 온 투칸!

―그리고 지은입니다! 오늘의 1위 후보 크로노스 만나 볼까요!

"둘, 셋! 안녕하세요! 크로노스입니다! 잘 부탁드립니다!"

―네, 반갑습니다. 크로노스 이번에도 1위 후보에 드셨어요. 축하드립니다.

"어우, 네. 너무 감사드립니다."

―1위 후보에 오르신 소감 한번 들어 볼까요?

투칸 형의 질문에 내가 마이크를 들었다.

"네, 이렇게 활동 기간 내내 1위 후보에 들 수 있어서 너무 행복합니다. 앞으로도 실망시키지 않는 모습으로 좋은 무대 보여 드리도록 하겠습니다!"

―네, 좋습니다. 만약 크로노스가 1위를 하게 된다면 어떤 세레모니를 보여 주실 건가요?

고유준이 마이크를 들었다.

"네, 저희 크로노스가 1위를 하게 된다면 〈블루 룸 파티〉 반주에 맞춰 우리 고리 여러분들을 위한 편지를 낭독하도록 하겠습니다!"

우리가 감사함을 전하는 방법은 보다 직설적인 것이었다.

그저께부터 멤버들 모두 머리를 맞대고 쓰긴 했는데 팬분들이 좋아해 주실지는 잘 모르겠다.

–네, 과연 어떤 팀이 1위를 차지하게 될지, 여러분 끝까지 함께해 주시고요. 다음 무대 크로노스 여러분들께서 소개 부탁드려요.

투칸 형의 말과 동시에 진성이가 제 손을 전화기 모양으로 만들어 귀에 가져다 댔다.

"……자니?"

그러자 윤찬이가 똑같이 자신의 손을 귀에 가져다 대며 환멸스러운 얼굴로 진성이를 바라보았다.

그러지 진성이가 다시 한번 말했다.

"자뉘이! 자냐고오!"

"어후!"

윤찬이가 너스레를 떨며 손을 내려놓았다.

그러곤 둘 사이에 껴든 주한 형이 말했다.

"살라 씨가 부릅니다. 〈번호를 바꿔야겠어〉."

"뮤직! 큐!"

"……오케이!"

"고생하셨습니다!"

우리의 1위 공약 컷이 끝나고 빠르게 카메라와 제작진이 빠져나갔다.

"응원할게. 너희야 뭐, 워낙 잘하니까."

"화이팅 해요, 다들!"

유지은과 투칸 형도 기특하다는 듯 우리를 격려해 주고 대기실을 나섰다.

그 후 난 다시 소파에 앉아 목을 풀었다.

"만약에 1위 하면 현우부터 편지 읽어. 반주에 맞춰서 느낌 살려서 읽어 줘야 재밌는 거 알지?"

"나부터? 어어. 알겠어."

난 주한 형의 말에 대답하며 고개를 획획 돌려 고유준을 찾았다.

"어, 고유준 어디 갔어?"

"유준이 형? 어 음, 화장실?"

"아, 그래? 화음 부분 맞춰 보자고 할 생각이었는데."

"하하. 몰라."

진성이는 어깨를 으쓱이며 내 눈을 피했다.

……내 눈을 피해? 이거 뭔가 수상한걸.

"야, 뭐야?"

"뭐가?"

난 눈을 부릅뜨고 대기실의 인원들을 세어 보기 시작했다.

일단 고유준 없고, 매니저님 없고, 윤찬이도 없다.

여기 있는 멤버는 나, 진성이, 주한 형.

"뭐 숨기는 거 아니야? 우리 진성이가 내 눈을 피하는 건 항상 이유가 있었는데."

"무슨, 아니거든!"

내가 의심스럽다는 표정으로 진성이를 추궁하자 주한 형이 피식 웃었다.

"뭘 숨겨. 허튼소리 하지 말고 앉아서 쉬어. 너 저녁에 연습하러 가야 한다며."

"흐음. 일단 응."

주한 형이 내 편을 안 들어 주고 진성이 편을 들어 주는 것부터 뭔가 숨기는 것이 있다는 게 확실해졌지만 일단, 무대를 앞두고 있으니 넘어가기로 했다.

곧 사라졌던 매니저님, 고유준, 박윤찬이 다 같이 들어왔다.

들어오자마자 고유준이 괜히 쿠션을 뒤적거리는 걸 보면 역시나 숨기는 거 있는 거 맞다.

'오늘이 무슨 날이었던가.'

"실례합니다. 크로노스, 무대 뒤로 들어가실게요!"

"네!"

잠시 가늠해 보던 생각은 무대 스태프가 들어오면서 금방 사그라들었다.

무대 뒤, 언제 와도 울렁이는 긴장감을 견디며 괜히 몸을 털었다.

"서현우는 마지막 무대까지 첫 무대만큼 긴장하네. 울렁증 있냐?"

고유준이 내 등을 툭툭 치고 어깨동무를 한 채 주한 형에게로 끌고 갔다.

주한 형의 손 위로 손을 올렸다.

"〈블루 룸 파티〉 마지막 무대."

"예압!"

"다들 지금까지처럼 실수하지 말고 아쉽지 않도록 잘합시다."

"네!"

"우리!"

"잘하자!"

구호를 외침과 동시에 전 무대가 끝이 나고 MC가 〈블루 룸 파티〉를 소개했다.

우린 팬들의 환호를 받으며 무대로 향했다.

우리의 데뷔 활동을 마무리하는 마지막 무대가 시작되었다.

"10월 마지막 주 영광의 1위는! 크로노스! 축하드립니다!"

팬들의 환호와 함께 폭죽이 터지고 꽃다발과 트로피가 전달되었다.

첫 무대부터 마지막 무대까지 모두 1위.

신인 아이돌에게는 좀처럼 있을 수 없는 드문 영광이라 마지막 트로피를 받는 기분은 말로 표현할 수 없었다.

"현우가 소감."

주한 형이 마이크와 트로피를 나에게 넘겨주었고 갑작스레 소감을 맡게 된 나는 당황하면서도 빠르게 소감을 말했다.

"너무 감사합니다. 이렇게 마지막까지 1위를 할 수 있어서 정말 영광이고요. 모두 뒤에서 물심양면으로 지원해 준 우리 크로노스 팀 식구들과 무엇보다 고리 여러분 덕분입니다. 정말 감사하고 더 좋은 앨범으로 찾아오도록 하겠습니다."

–네, 크로노스 여러분 너무 축하드리고요. 저희 〈카운트다운〉은 다음 이 시간에 찾아오도록 하겠습니다. 감사합니다!

〈블루 룸 파티〉의 전주가 흘러나왔다.

어느새 뒤의 스태프에게 다녀온 윤찬이가 나에게 편지를 건네고, 난 목을 가다듬으며 편지를 펼쳤다.

〈블루 룸 파티〉가 트렌디 힙합곡이라도 박자가 느려서 편지 낭독과 은근히 잘 어울릴 거란 말이지.

"사랑하는, 우리이, 고리, 여러분."

뭔가 멤버들이 좀 부산스럽다고 생각하며 비트에 맞춰 천천히 편지를 읽을 때였다.

"꺄아아아아악!"

팬들의 환호 소리에 깜짝 놀라 고개를 들자 팬들은 내가 아닌 다른 쪽을 보며 환호하고 있었다.

내가 팬들의 시선을 따라 고개를 돌렸다.

"……어어."

"형, 생일 축하해요!"

시선 끝엔 고유준과 윤찬이가 천천히 케이크를 들고나오고 있었다.

……그러고 보니 나 오늘 생일이었던가.

그 사건 이후 케이크까지 대동하며 축하받은 적은 너무 오랜만이라서 생일 따위 대수롭지 않게 생각하고 있었다.

"강녕……하십……."

생방송이 종료됨과 동시에 〈카운트다운〉 카메라가 꺼지고 앙코르를 위한 곡만 흘러나오고 있는 상황.

멤버들은 케이크를 들고 오며 뿌듯하게 웃고 있고, 팬분들은 이미 알고 있었다는 듯 "생일 축하해!"를 외치고 있다.

내 입에선 놀란 나머지 편지의 몇 구절이 더 튀어나오다 멈췄다.

"현우, 생일 축하해."

"어어……."

주한 형이 세상 따뜻하게 웃었다.

고유준과 진성이가 뒤에서 자필로 적은 생일 축하 문구를 들고 있는 걸 보면 내가 모르는 사이 생일 이벤트가 계획적으로 차곡차곡 준비되었던 모양이다.

난 어떤 반응을 보여야 할지 몰라 그냥 미소 지었다.

"뭐예요, 이게?"

그러곤 진성이가 앉아 있는 곳까지 걸어갔다. 아 내 광대 지금, 승천하고 있는 중인가. 부디 꼴불견 같은 표정만 아니길.

〈블루 룸 파티〉는 계속해서 흘러나오고 있었다.

내가 케이크에 시선을 뺏긴 사이 고유준과 윤찬이가 편지를 가져가 공약을 마저 이행했다.

곧 곡이 끝나고 아주 잠깐 팬들과 대화를 나눌 수 있는 시간.

"정말 감사합니다."

내가 케이크를 들고 인사하자 관객석에서 기다렸다는 듯이 생일 축하 노래가 나왔다.

아, 나는 정말 이렇게 많은 사람들한테 축하받은 적이 없어서 어떻게 반응을 해야 할지 모르겠다.

그래서 그냥…….

춤을 췄다.

케이크를 들고 내 감사함을 모두 담아 몸을 흔들었다.

흔들어 봤자 어깨 으쓱 차차 정도밖에 되지 않긴 했지만 어쨌든 이런 내 모습을 고리분들뿐만 아니고 주한 형이 매우 좋아하긴 했다.

"오늘 소감은 우리 현우가 말할까?"

주한 형이 내 입에 마이크를 가져다 댔다.

"아, 네, 고리 여러분 정말 너무 감사합."

세 개의 마이크가 얼굴에 들이밀렸다. 고유준과 이진성 그리고 은근슬쩍 박윤찬까지 자신의 마이크를 내 얼굴에 가져다 댔다.

난 잠시 멈칫하다 그냥 다시 말을 이어 갔다.

"니다. 이렇게 멋진 성적, 즐거운 마음으로 활동을 마무리할 수 있을 거라곤 생각 못 했는데 전부 고리 여러분들 덕분이에요."

내가 장난에 반응하지 않자 고유준이 얼굴에 들이댔던 마이크를 내 배꼽에 가져다 댔다.

하지만 난 굴하지 않아.

"앞으로 더 열심히 하겠습니다. 더 좋은 곡, 좋은 무대 들고 올 테니 조금만 기다려 주세요!"

"예에! 모두 감사합니다!"

"감사합니다. 열심히 하겠습니다."

자고로 신인은 허리를 아껴선 안 된다.

팬분들과 제작진에게 연달아 인사하며 무대 뒤로 들어가자 비하인드 카메라가 케이크를 든 나를 앵글에 담았다.

그와 동시에 멤버들이 내 얼굴에 생크림을 묻혔다.

"현우 생일 축하해!"

"서현우 생축, 1위 축."

"형, 생일 정말 축하해요."

"형아 축하!"

연습생 시절 생일날 생크림 묻히기는 안 하면 섭섭한 의례였는데 무대에서 왜 안 하나 했다.

무대 뒤에서 하려고 기다리고 있었던 모양이다.

"고마워."

코와 볼에 생크림을 묻힌 채 머쓱하게 말하자 멤버들이 오버하며 장난을 쳐 댔고 그 모습을 비하인드 카메라가 그대로 담았다.

대기실로 돌아온 나는 얼굴을 닦고 옷을 갈아입었다.

다른 멤버들이 옷 갈아입고 나오기를 기다리는 시간. 케이크와 함께 파랑새에 올릴 사진을 찍고 젓가락을 들었다.

"딱 생일이 활동이랑 겹쳐서 이렇게 축하도 받고, 좋네요. 진짜."

–미역국은 먹었어요?

스태프가 비하인드 카메라를 들이대며 물었다.

"아뇨. 전 오늘 생일인 것도 잊고 있었어요. 최근에 정신없이 활동했어서 그런가."

"서현우, 생일 축하한다."

고유준이 다가와 내 의자 팔걸이에 걸터앉았다.

"어쩐지 네가 오늘 나한테 말을 별로 안 걸더라. 이것 때문이었군."

"무슨 소리야? 난 원래 너한테 말 잘 안 검."

"하하. 그냥 웃는다."

난 젓가락으로 집어 든 케이크를 고유준에게 먹여 주었다.

"오 야, 달아. 이거 윤찬이 좋아하겠다."

"형, 나도!"

진성이가 다가오며 소리쳤다. 난 새 젓가락을 뜯어 케이크를 덜며 말했다.

"진성이 다이어트 한다며."

"맞습니다. 날쌘 이진성이 되려고요. 아."

"케이크 살쪄."

그러자 고유준이 낄낄거리며 진성이를 밀어냈다.

"저리 가! 다이어터가 케이크는 무슨."

"아아! 저는 식이 조절로 다이어트 안 하거든요? 운동할 거니까 괜찮아요."

"트레이너 선생님이 식이 조절도 해야 한다고 했잖아."

주한 형과 윤찬이가 조용히 다가와 진성이 보란 듯이 케이크를 퍼먹었다.

"막내한테 너무한 거 아니에요?"

뾰로통해진 진성이는 잠시 나를 노려보다 말했다.

"현우 형 생일 기념으로 현우 형 성대모사 해 보겠습니다."

"어휴? 서현우 성대모사가 뭐야?"

"오오, 한번 해 봐."

내 성대모사라니 이런 걸 준비하는 건 본 적 없는데?

케이크 한입을 위해 재롱까지 부리는 막내를 멤버 모두가 흥미로운 눈으로 바라보았다.

진성이는 비장한 표정으로 의상 소품으로 쓴 스카프를 제 얼굴에 감쌌다. 마치 보자기 쓴 이티나 후드 티에 달린 모자를 한계까지 조인 듯한 모양새.

뭘 하려고 저러나 하는 순간.

"윤찬아, 찻, 차가 좡난이얏?"

"……푸흡."

"아니히! 겁나 웃기네!"

한참이나 가족, 멤버들에게 놀림받았던 내 한때 유행어. 멤버들이 피식거리기 시작했다.

솔직히 저게 튀어나올 거라곤 예상 못 했다.

형들이 웃어 대자 이진성은 신나서 한 발 더 나섰다.

"워어, 마, 법의, 펜던, 트우으어어! 아 음 이탈."

"캭햫학학하악! 맘, 마, 마법의 흐흐흑! 어윽! 어어……."

"이거 솔직히 현우 형이 쉽게 불러서 그렇지 너무 높아."

특히 고유준이 너무 좋아했다. 고유준은 팔걸이에서 미끄러져 바닥을 굴렀다.

잘 참고 있던 비하인드 카메라 스태프마저 부들거리는 입술을 막고 힘겹게 소리를 참고 있었다.

"아니, 나 안 저랬어! 이건 나 놀리려고 하는 거 아냐?"

내가 웃음기 섞인 목소리로 말하자 진성이가 씨익 웃으며 입을 벌렸다.

"이제 아! 아이 한입만 줘요!"

그래도 웃기긴 했으니 어쩔 수 없다. 내가 다시 케이크를 들어 진성이에게 가져가려 하자 주한 형이 내 손을 막았다.

"왜?"

"진성이 넌 무궁무진한 가능성이 있는 아이야."

주한 형의 뜬금없이 진지한 말에 진성이가 억울한 표정을 했다.

"아, 이번엔 또 무슨 말이에요!"

"유준이 흉내까지 내면 진짜로 한입."

"아! 아아! 형!"

하지만 진성이는 불만을 터트리는 입과는 달리 이미 몸을 움직여 고유준의 흉내를 낼 준비를 하고 있었다.

"내 흉내? 뭐 낼 거 없을 텐데?"

고유준은 그렇게 말하면서도 기대에 찬 모습이었다.

나 또한 차마 웃음기를 감추지 못한 채 진성이가 뭘 하려고 의자까지 가져오나 지켜보았다.

진성이는 자신의 머리를 흩트리더니 앞머리를 쓸어 올리며 시크하게 의자에 털썩 앉았다.

"헐, 설마."

구부정하게 앉은 자세와 건방진 표정을 보자마자 뭘 흉내 내는지 곧바로 알아차렸다.

그에 맞춰 비하인드 카메라가 진성이를 원샷으로 잡았다.

진성이는 카메라를 게슴츠레 바라보곤 입을 열었다.

"하아…… 쉿."

"……후드 티 입고 저걸 한다고?"

주한 형의 말에 나와 고유준은 함께 바닥으로 엎어져 바닥을 굴렀다.

깁스 풀더니 이제 슬슬 춤출 수 있는 날이 가까워졌다는 생각 덕분일까, 요즘 진성이의 텐션이 돌아오고 있다.

"흐흐, 형 형, 또 있어요! 다음은 주한 형……. 이것들아! 집 안 꼴이 이게 뭐야! 찰싹찰싹!"

"그게 나?"

모처럼 준비한 성대모사가 먹히자 진성이는 신나서 멤버 모두를 따라 했다.

주한 형이 아침마다 숙소 청소를 하며 하는 잔소리라든가 윤찬이의 언제나 울 것 같은 표정, 심지어 휴대폰을 보며 피식거리는 매니저님까지 따라 했다.

나는 실컷 웃고 결국 진성이의 입에 케이크를 넣어 주었다.

멤버와 스태프들 모두 정리가 끝나 우리는 주차장으로 향했다.

주한 형과 윤찬이, 진성이는 매니저님과 함께 숙소로, 나와 고유준은 임시로 배정된 일주일 차 신입 로드 매니저, 그리고 비하인드 카메라와 함께 연습실로 향했다.

"야, 영상 한번 보면서 분석을 해 보자. 이게 의외로 안무가 애매해."

연습실에 도착한 우리는 노트북에 앉아 매니저님이 보내준 영상을 돌려 보았다.

"옛날 춤이기도 하고 당시엔 립싱크가 대부분이었어서 동작들이 숨 좀 차겠다."

당시에는 하드한 댄스로 유명세를 떨쳤던 텐텐.

지금에 와서 보면 댄스의 난이도가 높은 건 아니었다. 다만 동작 자체가 크고 아크로바틱 해서 라이브는 고사하고 한 곡 추고 나면 숨이 굉장히 찰 것 같았다.

"이야, 백턴도 있어."

당시 유행했던 테크노 장르에 록 댄스.

특히 텐텐의 곡은 단 한번도 라이브로 부른 적 없을 만큼 라이브를 포기하고 댄스에 집중한 곡이라 관절이 튼튼해야만 소화할 수 있을 안무였다.

"나 이 부분은 잘할 수 있음."

고유준이 말한 부분은 미친 듯이 골반을 튕겨 대는 부분.

"난 이 부분."

내가 말한 부분은 테크노답게 미친 듯이 머리를 휙휙 돌려

대는 부분이었다.

그나마 이 곡에서 가장 동작이 정확한 구간이다.

"……일단 연습해 보자."

영이 선생님 연세가 연세인지라 선생님과 함께 연습하며 안무가 조금 바뀌긴 하겠지만 그래도 제대로 연습해 가는 게 선배님께 보이기도 좋겠지.

난 익숙하게 사전에 외워 뒀던 안무를 고유준에게 알려 주었다.

"여기서 약간 건들건들 상체랑 고개를 날티 나게 흔들면서 무릎을 굽혀."

"이렇게?"

고유준이 건들건들 상체를 좌우로 흔들며 한쪽 무릎을 굽혔다.

난 고개를 젓고 한번 더 시범을 보였다.

"네가 생각한 것보다 훨씬 오버해서 해야 해. 이 당시엔 뭐든지 시원하게 동작해야 함."

"아아, 이렇게 무릎 꿇고 있으면 선배님께서 앞으로 나와 노래 부르시는 거지?"

"응, 그다음에 폼 잡으면서 한 바퀴 돌아 일어서서 점프하면서 허공에 발 차기. 오른쪽 한 번, 왼쪽 한 번 연속으로. 좀 겉멋이 들어야 맛이 살더라."

난 고유준의 어깨를 잡아 원하는 선까지 좌우로 왔다 갔다

해 주며 감이 잡히게 했다.

"너에게 모든 걸 다 준 내가 바보였어-."

고유준이 가사를 흥얼거리며 안무를 춰 보더니 거울 속 제 모습을 보며 감탄사를 내뱉었다.

"완벽한 80년대 춤사위인데? 서현우 텐텐 선배님 영상 많이 보더니 오오-."

난 머쓱하게 웃으며 바로 다음 동작으로 넘어갔다.

"근데 이거 안 넘어지도록 조심해야 하는 게, 내가 보니까 이때 당시에는 손동작보다 발을 많이 쓰더라고 방방 뛰는 동작이 많으니까 주의해."

"오케이."

틈틈이 쉬어 가며 텐텐의 첫 번째 곡을 거의 다 외웠을 때쯤이었다.

'띠링' 하는 경쾌함 알림음과 함께 의자에 앉아 기다리던 로드 매니저가 자신의 휴대폰을 확인하고 우리의 눈치를 보았다.

"저기 여러분."

"네?"

"숙소에 계신 멤버들이 큐앱 시작하셨는데요."

"엥, 멤버들이요?"

로드 매니저가 고개를 끄덕이고 다가왔다.

"네, 그냥 연습 이어 가셔도 괜찮긴 한데 제목이 현우 씨가 좋아하실 것 같아서…….”

“오오, 뭔데요?”

연습실 바닥에 앉아 발목을 돌리던 고유준이 로드 매니저가 건넨 휴대폰을 받아 들었다.

그러곤 피식 웃으며 나에게 보여 줬다.

“얘네 웃긴다. 아아, 내가 여기 있어야 했는데.”

“왜?”

난 휴대폰을 바라보았다. 그리고 미소 지었다.

큐앱 생방송 제목은.

센터 차차 생일 기념! 손수 미역국을 만들어 보자~

였다.

—너희 요리 못하자낰ㅋㅋㅋㅋㅋㅋㅋㅋㅋㅋㅋㅋㅋㅋ

—현우 배탈각

—ㅋㅋㅋㅋㅋㅋㅋㅋㅋㅋㅋㅋ

—너희 그러다가 또 주한이한테 등짝맞는닼ㅋㅋㅋㅋㅋㅋㅋㅋㅋㅋㅋㅋ

—아니 이번엔 진짜 잘할 수 있어요. 레시피도 있고 미역국은, 에이~ 쉽잖아요. 괜찮아요. 진짜.

—진성아, 물 이 정도면 돼?

—어……? 음, 잠시만.

—……레시피 잠시 줘 볼래?

애네 뭐 하냐. 미역을 불려 뒀는지 의문이다. 그나마 라면이라도 끓일 줄 아는 주한 형은 작업하러 회사 간 것 같고.

진성이와 윤찬이가 도움을 요청하듯 카메라 너머를 쳐다보더니 후다닥 냄비의 물을 버렸다.

"아, 미역을, 아니다, 소고기랑 미역이랑 볶고 물이다."

아마 매니저님께서 카메라 너머에 서서 어떻게든 미역국 조리 방법을 알려 주시고 있는 눈치였다.

—다른 멤버들은 뭐 하고 있어요?

—현우야 생일 축하해!

—윤찬아ㅜㅜㅜㅜㅜ진성아ㅜㅜㅜㅜㅜㅜㅜㅜㅜㅜ1위 축하해ㅜㅜㅜㅜ너무 예쁘다ㅜㅜㅜㅜㅜ

—아 멤버들 뭐 하나 하면 현우 형이랑 유준이 형은 잠깐 일 있어서 나갔고 주한 형은 작업 중이요.

—현우 형 돌아오기 전까지 미역국 끓일 거예요.

—현우:???(제발 하지마)

—ㅋㅋㅋㅋㅋㅋ분명 현우 지금 큐앱 제목보고 뒤집어졌을듯

—현우 숙소 안 돌아올 각

고리들 말이 맞다. 사실 재네 아직 미역도 안 불려 놨으면 숙소 들어가지 말고 회사에서 잘까 하고 아주 잠깐이지만 생각했다.

"야, 보고 있다고 말할까?"

고유준이 바닥에 엎드리며 물었다.

난 잠시 고민하다 고개를 끄덕였다.

"매니저님, 이거 매니저님 계정이에요?"

"아, 네! 제 개인 계정입니다."

"로그아웃 해도 돼요? 크로노스 계정으로 들어가려고요."

"어음…… 잠시만요!"

오늘로 일주일 차 로드 매니저님은 선뜻 대답 못 하고 주저하다 자신의 개인 폰을 켰다.

수환 매니저님에게 허락을 구하려는 모양이었다.

—미역 볶을 때 썰어서 넣어야 하나? 김치처럼.

—어 음. 아니지 않을까? 아니면 가위로…….

—잘라서 넣어야 하는지는 레시피에 없고 그냥 볶으라고만 되어 있어요.

아무것도 안 해 놓고 초반부터 헤매고 있는 두 사람을 보며 키득거릴 때 수환 매니저님으로부터 답변을 들은 로드매니저가 활짝 웃었다.

"네! 로그아웃 하시고 크로노스 계정으로 들어가시면 될 것 같아요."

"감사합니다."

우린 잠시 라이브에서 나가 크로노스 계정으로 로그인해 다시 방송에 참여했다.

-저희 연습생 시절에는 요리 거의 안 했어요. 그때는 거의 연습실에서 살았어서.

-돈도 없고, 가끔 연습생 형들 집에 가서 밥 얻어먹고 그랬었어요.

-서울에 집 있는 형이 저희 멤버 중에는 현우 형이랑 주한 형. 유준이 형이 가끔 현우 형 집에 가서 밥 먹고 자고 오고 그랬었던 거로 아는데.

-난 주한 형. 주한 형이 가끔 연습생들한테 배달 음식 쏘고 그랬었잖아. 연습생 식비 하루 5,000원인 거에 열받아서.

-ㅋㅋㅋㅋㅋㅋㅋㅋㅋㅋㅋㅋㅋㅋ주한이 그때부털ㅋㅋㅋㅋㅋㅋㅋㅋㅋㅋㅋ

-주한이 식비 적어서 빡쳤댘ㅋㅋㅋㅋㅋㅋㅋㅋㅋㅋㅋㅋ

-현우랑 유준이 진짜 많이 친하구나ㅜㅜㅜㅜ

-현우 형은 워낙 애기 때부터 연습생 생활했어서 형들한테 많이 얻어먹었을걸요?

-알뤼르 선배님들도 현우 형 볼 때마다 되게 예뻐하세요. 살짝 질투

나요, 그래서.

우리가 잠깐 계정을 바꾸고 온 사이 도대체 무슨 일이 있었던 것인가.

진성이가 도마에 불린 미역을 펼쳐 칼로 썰고 있다.

"쟤네 진짜 요리 못해도 너무 못하는 거 아니냐? 심각해서 부끄러워, 나."

낄낄거리는 고유준의 모습에 난 팔로 고유준의 옆구리를 쳤다.

"우리 막내들한테 뭐라 하지 마라. 너도 잘하는 거 아니면서."

난 그렇게 말하며 천천히 타자를 쳐 올렸다.

―크로노스 : ㅋㅋㅋㅋㅋㅋㅋㅋㅋㅋㅋㅋㅋㅋㅋㅋ잘한다 윤찬이 진성이

아, 얘네 너무 웃겨. 솔직히 미역국 좀 걱정되기는 하는데 굳이 말릴 생각은 없다.

도마에 미역을 얹어서 칼로 썰든 들기름 대신 간장에 미역을 볶든 재밌으니까.

그럴 수도 있지 뭐.

―어 누구예요? 주한 형? 현우 형?

–ㅋㅋㅋㅋㅋㅋㅋㅋㅋㅋ본인등판?ㅋㅋㅋㅋㅋㅋ

–혀누? 유준이? 주한이는 아닐 거고

–ㅋㅋㅋㅋㅋㅋㅋㅋㅋㅋㅋ잘한댘ㅋㅋ

–크로노스 : 현우, 유준입니다. 너희들의 쿡방을 응원해~♥

–ㅋㅋㅋ의외로 안말림ㅋㅋㅋㅋㅋㅋㅋㅋㅋㅋㅋㅋㅋ

–ㅋㅋㅋㅋㅋㅋ이거 빼박 놀리는 걸ㅋㅋㅋㅋ

방금 이건 내가 쓴 게 아니고 고유준이 쓴 거다.

고유준은 낄낄거리며 본격적으로 채팅을 이어 갔다.

–형 오늘 일찍 들어와. 진짜 맛있게 해 줄게.

–형들 언제 들어와요?

–크로노스 : 우리 곧? 너희가 만든 미역국이 식기 전에 들어가마

–ㅋㅋㅋㅋㅋㅋㅋㅋ시식하는 거 파랑새에 올려줘ㅜㅜㅜㅜㅜ

–ㅜㅜㅜㅜ애들 올 때까지 방송 계속해 줬으면 좋겠다

–ㅋㅋㅋㅋㅋ그래도 요리를 말리지는 않넼ㅋㅋㅋ귀여워ㅋㅋ

“우린 여기까지만 보고 얼른 연습하자.”

“오케이. 쟤네 1시간 안으로는 못 끝낼 것 같은데 우리 들어갈 때까지 끓이고 있으면 레전드.”

-크로노스 : 여러분 재밌게 즐겨 주세요! 다음에 봐요!

-형 형! 저희 이거 다 끓이…….

우린 팬분들에게 인사를 마지막으로 라이브를 끄고 다시 연습에 몰두했다.

이미 곡 하나는 외웠으니 또 하나는 반절만.

하루 만에 너무 많은 걸 외우면 빠르게 지치기 마련이다.

노트북으로 두 번째 곡을 돌려 보던 고유준이 어느 한 구절을 연속으로 재생시켰다.

"서현우, 여기서 '다시 돌아간다고 해도 너와 함께할 거야' 하는 부분, 영이 선생님이 '다시 돌아간다고 해도' 하면 남자 멤버 둘이서 '너와 함께할 거야' 화음으로 넣는데 너랑 음역대가 안 맞아."

"음역대?"

고유준은 내가 들을 수 있도록 영상을 되돌려 주었다.

확실히, 낮은 음은 고유준과 찰떡인데 높은 음은 내 음역대보다 한 키 높다.

나보다는 윤찬이가 더 어울릴 만한 구간.

"내가 좀 높여서 불러 볼게."

내가 말하자 고유준이 걱정스러운 표정을 지었다.

"할 수 있겠어? 음 이탈 나서 땅굴 파고들 거면 그냥 키 낮

추자고 말해 보자."

"그럼 영이 선생님 고음이 별로 시원하게 느껴지지 않을 거 같아. 많이 불러 봤자 두세 번 부를 텐데 크로노스의 메인 보컬이 이 정도쯤이야."

난 일부러 더욱 거들먹거리며 말했다.

음이 높은 건 사실이지만 크로노스의 〈크로노스〉, 〈퍼레이드〉, 〈원스 어겐〉 등 이 부분보다 높은 고음은 훨씬 많이 질렀다.

나에게 무리가 될 정도는 전혀 아니었다.

"한번 맞춰 보자. 난 곡에 화음 넣는 거 너무 재밌더라."

고유준이 가사를 켰다. 난 자연스레 영이 선생님이 부르실 '다시 돌아간다 해도'부터 부르며 고유준이 화음을 넣을 타이밍을 만들어 주었다.

원래 내 음역대보다 키가 높아져서 목소리 또한 가늘어졌다.

"……오오."

고유준은 방금 불러 본 보컬이 매우 마음에 들었는지 감탄하다 씨익 웃었다.

"우리 현우 마이 컸네~. 다른 음역대도 잘하는구먼."

"야, 이씨! 퇴근해!"

"같이 퇴근!"

처음 계획했던 오늘의 목표량은 채웠다. 역시 고유준, 노래는 말할 것도 없이 잘하고 춤 실력 또한 부족함이 없다.

내가 예상했던 것보다 훨씬 빨리 끝난 연습 덕분에 일찍 숙소로 들어간 우리는.

“너희 아직도 하고 있어?”

현관문을 열자마자 집 안 가득 뜨뜻하게 퍼진 열기와 고소한 미역국 냄새를 맞닥뜨려야만 했다.

“헐 형, 벌써 왔어?”

당황한 이진성의 물음에 고유준이 코웃음을 쳤다.

“1시간이나 지났거든? 어디까지 했어!”

어느샌가 주한 형도 작업을 마치고 거실 소파에 앉아 매니저님과 함께 박윤찬과 이진성의 삽질을 지루하게 지켜보고 있었다.

난 주한 형의 곁에 앉아 방송에 들리지 않도록 물었다.

“재네 지금까지 뭘 한 거예요?”

“그러게. 뭐 했어요, 1시간 동안?”

나는 주한 형에게 물었고 주한 형은 매니저님에게 물었다.

매니저님은 태연히 말했다.

“미역 썰고 볶으실 때 쓸 들기름 찾으시다가 소고기보다 미역을 먼저 볶으셨는데, 고리분들이 그거 그렇게 하는 거 아니라고 하셨습니다. 두 분께서 현우 씨 드리는 건데 제대로 하고 싶다며 그거 다시 들어내고 소고기 볶기부터 다시 시작하셨습니다.”

그래서 지금까지 이러고 있었던 거구나.

난 한숨을 쉬며 결국 고유준이 투입된 부엌을 바라보았다.

고유준은 열기로 가득한 집 안에 대해 잔소리를 하며 부엌 창문을 열고 마무리 단계인 미역국 맛을 보고 있었다.

"고리분들이 지루해하시지 않아요?"

그러자 매니저님과 주한 형이 고개를 저었다.

"우리도 걱정돼서 모니터링 계속하는데 둘이 일 하나 칠 때마다 반응 너무 좋아서 일단 지켜보는 중."

매니저님이 나에게 휴대폰을 건네주었다.

—ㅋㅋㅋㅋㅋㅋㅋㅋㅋㅋㅋ주한이 뒤에서 벼르고 있을 가능성 백펄ㅋㅋ ㅋㅋㅋㅋㅋ

—ㅋㅋㅋ주한이 뒤에서 현우도 한숨 쉬며 지켜보고 있을 가능성 이백 펄ㅋㅋㅋㅋㅋㅋㅋㅋㅋㅋㅋㅋㅋ

—유준아ㅜㅜㅜㅜ애들보고 제발 소금간 좀 하라고 말해줘ㅜㅜㅜㅜㅜ

아, 왜 이게 반응이 좋지?

쿠당탕!

"어우! 괜찮아요. 여러분. 진짜 괜찮아요. 안 쏟았어요. 괜찮아요."

진성이가 미역 불린 물이 담겨 있던 그릇을 떨어트린 모양이다.

"이제 불 꺼도 되겠는데?"

"준이 형, 미안한데 형이 좀 꺼 주세요. 저 이거 닦을 걸레 가져올게요."

"밥은 했어?"

"엥? 형 밥은 즉석밥이지. 우리한테 뭘 바라."

"그렇지?"

고유준이 키득거리며 찬장에서 즉석밥을 꺼내 돌렸다.

주한 형이 내 어깨에 손을 올렸다.

"서현우 선생, 마음의 준비는 되셨는가."

"소인, 이미 입궁하기 전부터 준비를 끝마치고 왔사옵니다."

"어서 부엌 테이블로 향하시게. 건투를 빌겠어."

주한 형이 날 놀리듯 경례했다. 난 그에 맞춰 힘없이 경례하고 식탁으로 향했다.

"현우 형, 과정은 중요하지 않아. 결과가 중요해. 알지?"

"저, 열심히는 만들었어요, 형. 맛은 괜찮을 거예요."

난 우리 두 막내들에게 웃어 주었다.

"어어, 과정도 중요하지 않나? 허허. 아니 괜찮아. 형은 다 좋아. 형 기대할게."

윤찬이가 식탁에 둔 행주로 물기 가득한 식탁을 닦아 내고 의자에 앉았다.

-ㅋㅋㅋㅋㅋㅋㅋㅋ다좋댘ㅋㅋㅋㅋㅋㅋㅋㅋㅋㅋㅋ

-ㅋㅋㅋㅋㅋ현우 그냥 자포자기하고 온듯ㅋㅋㅋㅋㅋㅋㅋㅋㅋㅋㅋㅋ

ㅋㅋㅋㅋㅋ

-유준이 또 터졌닼ㅋㅋㅋㅋㅋㅋㅋㅋㅋㅋ

마침내 내 앞에 미역국이 올라왔다.

"미역국 색깔이 조금 검은색인데."

내가 말하자 윤찬이가 목덜미를 긁적였다.

"레시피에 간장으로 간하라고 했는데 해도 싱거워서 좀 많이 넣었어요."

"그렇구나. 잘 먹을게."

더는 아이들을 민망하게 만들지 말자. 저 칭찬을 바라는 초롱초롱한 눈빛을 보라.

난 더 시간 끌지 않고 미역국을 떠 입에 넣었다.

"……으음…… 읍, 맛있네."

미역국에선 물에 탄 간장맛이 났다.

두 사람이 준비한 미역국은 나름 먹을 만했다. 조금 음미하다 보면 미미하게 미역맛이 나는 것 같기도 하고.

사실 뭔가 잘못된 것 같기는 하지만 형을 주겠다고 잘하지도 못하는 요리를 무려 1시간 반이나 했는데 어떻게 맛이 없다고 할 수 있을까.

하지만 방금 전 나와 눈이 마주친 주한 형은 내 생각을 알아차린 듯 장난스러운 얼굴로 나에게 다가왔다.

"어디 어디? 맛있어? 나도 먹어 볼래."

"아."

"뒤에서 과정 다 지켜봤는데 그다지 맛있을 과정은 아니었는데."

"아, 형! 모든 건 결과가 중요한 거라고요! 아 진짜로. 날 못 믿네."

진성이가 억울하다며 길길이 날뛰는 동안 주한 형은 상관하지 않고 숟가락을 들어 미역국을 입에 넣었다.

그리고 잠시 후.

"흐음."

주한 형은 의미심장한 미소를 지으며 말없이 날 바라보았다.

"왜, 왜……. 아니야. 난 맛있었어. 이거, 그, 동생들이 처음 해 준 거라……."

"아이고! 진성아!"

주한 형이 큰 소리를 내며 진성이를 바라보았다.

"네?"

"형 계란후라이 하나만 해 줘라."

"계란후라이는 왜요? 형도 밥 먹게요?"

주한 형은 씨익 웃으며 고개를 저었다.

"이 미역국 딱 그거야. 밥에 계란 넣고 미역국 두 숟가락만 넣으면 딱 간장계란밥일 거야."

주한 형의 말에 윤찬이의 안색은 창백해졌고 진성이는 의아하다는 듯 고개를 갸웃거렸다.

"무슨 말이에요?"

저, 저! 냉정한 사람! 순진한 진성이한테! 내가 하지 말라는 뜻으로 주한 형의 등을 살짝 밀었지만 주한 형은 그에 굴하지 않고 말했다.

"으음, 무슨 말이냐면 이거 그냥 간장이라는 거야."

"……그럴 리가. 아까 먹었을 때는 괜찮았는데?"

"시, 식으면서 더 짜졌나 보다."

윤찬이가 걱정으로 가득한 얼굴로 정성스레 숟가락 쥔 내 손을 자신의 손으로 꽉 붙잡았다.

"혀엉, 이제 먹지 마요. 형 너무 짠 거 먹으면 큰일 나요……."

"어? 많이 안 짠데……? 너희 진간장 썼니?"

"예에? 집에 진간장밖에 없던데? 간장이 다 똑같은 거 아닌가."

세상에 어떻게 진간장을…….

충격 받은 진성이, 윤찬이 그리고 나를 보고 있는 채팅창은 당연하게도 'ㅋㅋㅋ'로 도배되어 가고 있었다.

-ㅋㅋㅋㅋㅋㅋㅋㅋㅋㅋㅋㅋㅋㅋ잊지 못할 거다 막내즈 간장국사건ㅋㅋㅋㅋㅋㅋㅋㅋㅋㅋㅋㅋㅋㅋㅋ

-간장계란밥ㅋㅋㅋㅋ대환장이곸ㅋㅋㅋㅋㅋㅋㅋㅋㅋㅋㅋㅋㅋㅋㅋㅋㅋㅋㅋㅋㅋ

-ㅋㅋㅋㅋㅋㅋㅋ괜찮다던 현우 진짜 은근슬쩍 숟가락 놨엌ㅋㅋㅋㅋ

-ㅋㅋㅋㅋㅋㅋㅋ생일날 여러번 놀라시는 우리 셋째..우린 즐거우니..힘...내세..요...ㅋㅋㅋ

"형, 미안. 맛있게 해 주려고 했는데 아이, 진짜 아쉽네."

"혀엉."

"아니, 난 진짜 맛있었어. 형 감동했다. 고맙다."

어쨌든 주한 형 덕분에 난 간장국을 그만 먹을 수 있었고 그럭저럭 유쾌한 분위기 속 상황이 마무리되려 하고 있었다.

그러나 크로노스에는 또 다른 빌런이 하나 더 남았으니.

뚜르르르-.

뚜르르르-.

고유준이 다가오며 누군가에게 전화를 걸어 스피커 모드로 돌렸다.

"뭐야? 누구한테 걸어?"

"유준 형, 누구예요?"

"혹시 D 팀 멤버 중 하나 아니야? 스트릿센터라든가 지혁 형이라든가."

"진욱 형?"

"아이, 그럴 리가."

난 말도 안 되는 라인업들을 전부 부정하며 휴대폰 화면을 바라보았다.

'어, 뭔가 번호가 되게 익숙한데?'

라고 생각하는 순간.

-여보세요.

번호보다 더 익숙한 목소리가 들렸다. 고유준이 활짝 웃으며 크게 외쳤다.

"엄마!"

……잠깐만.

"……야!"

내가 확 소리치며 휴대폰으로 손을 뻗자 고유준이 폭소하며 휴대폰 든 손을 하늘로 올려 버렸다.

"우리 엄마한테 전화하면 어떡해!"

"……현우 어머니?"

"현우 형 어머니요?"

"지금 유준이 형, 현우 형 어머니한테 전화한 거야?"

-어머! 유준이니이~?

"엄마, 잘 지내셨어요?"

"너 진짜!"

나와 고유준을 제외한 멤버들은 상황을 파악하자마자 채팅창 못지않게 미친 듯이 웃어 댔다.

"저 형 장난핵! 현우 형 어머니한테 전화를 왜 해애!"

-ㅋㅋㅋㅋㅋㅋㅋㅋㅋㅋㅋㅋㅋ유준이가 현우 어머니 전화번호를 어케 알앜ㅋㅋㅋㅋㅋㅋㅋㅋㅋㅋ

—ㅋㅋㅋㅋㅋㅋㅋㅋㅋㅋㅋㅋㅋㅋㅋㅋ오랜시간 친하면 저렇게 되는구낰ㅋㅋㅋㅋㅋㅋㅋㅋㅋ

—유준이가 현우네집에 밥 먹으러 자주 갔다더니...ㅋㅋㅋㅋㅋㅋㅋㅋㅋ

—잘 지냈어, 우리 아들?

아니, 엄마는 고유준을 또 왜 저렇게 잘 받아 주는 거야?

아들? 아드을?

"진짜 뭔. 엄마, 제가 조금 있다 연락드릴게요. 그냥 끊으셔도 돼요."

—현우니? 현우 옆에 있어?

"네, 저 옆에 있어요."

그 순간 주한 형이 휴대폰을 들고 가 말했다.

"어머니이! 저 주한입니다! 기억하고 계세요?"

—그럼! 리더! 우리 현우 잘 챙겨 줘서 고마워.

"아이, 아닙니다. 현우 생일이라 연락드렸어요. 우리 현우 태어나게 해 주셔서 너무 감사합니다."

와, 저 이미지 관리 말투.

어이없어서 그냥 바라보고만 있자 주한 형을 시작으로 윤찬이와 진성이도 난리가 났다.

"저희가 미역국도 해서 먹였고요! 팬분들도 많이 축하해 주고 계세요. 너무 걱정하지 마시고요."

—아유, 걱정 안 해. 엄마가 맛있는 거라도 좀 챙겨 주고 해야 하는데 너희가 언제 여유가 있는지 모르겠네. 미안해.

"아유, 아닙니다. 현우 바꿔 드릴게요."

"허허."

휴대폰은 나를 제외한 멤버들의 손을 돌고 돌다가 이제야 내 손에 들어왔다.

난 즉시 스피커 모드를 끄고 전화를 받았다.

"네, 엄마. 현우예요."

—현우야, 건강하게 잘 지내지? 방송에 나오는 건 보는데 우리 아들 직접 본 지는 좀 됐네.

"저 건강해요. 휴가 받으면 찾아뵐게요. 잘 키워 주셔서 감사합니다."

—잘 커 줘서 고마워. 사랑해. 생일 축하해.

"……네."

난 갑자기 말이 잘 나오지 않아 잠시 입을 다물었다.

그리고 다시 입을 열었다.

"나중에 연락드릴게요."

나를 보기만 하면 무너져 버리는 부모님의 모습을 보기 싫어 일부러 본가에 가지 않은 지도 몇 년이 지났다.

연락도 거의 하지 않았으니 생일 때도 제발 전화라도 받아 달라는 부모님의 메시지만 확인한 채 조용히 혼자서 보내곤 했다.

그러나 이젠 가족들이 나로 인해 우는 모습을 보지 않아도 된다는 걸 새삼 다시 깨달았다.

다시 가족들을 만나도 이젠 죄책감 없이 만날 수 있을까.

마음 속 응어리졌던 아픔 하나가 비로소 가벼워지는 기분이었다.

통화를 마지막으로 거의 2시간가량 길게 진행되었던 큐앱이 마무리되었다.

멤버들에게서, 팬들에게서, 가족에게서 더없이 벅찬 축하를 받으며 나의 돌아온 하루가 끝났다.

오영일이 @O_012 · 3분
ㅋㅋㅋㅋㅋㅋㅋㅋㅋㅋㅋㅋㅋㅋㅋㅋㅋㅋㅋㅋㅋㅋㅋㅋㅋㅋㅋ내가 못산닼ㅋㅋㅋㅋㅋㅋㅋㅋㅋㅋㅋ장꾸들과 대환멸 혀눅ㅋㅋㅋㅋㅋㅋㅋㅋ
#10월의_햇살_현우야_생일축하해
(서현우 생일파티 큐앱 중 대환멸스러운 표정.jpg)
답글 0 RT 42 좋아요 73

현우야울어줘 @djimll_1029 · 5분
ㅋㅋㅋㅋㅋㅋ간장물부터 전화까지 안웃긴 부분이 없었닼ㅋㅋㅋㅋㅋㅋㅋㅋㅋㅋㅋㅋㅋ생일날 우리 보러와줘서 고마워. 편히 자고 사랑해. 현우야. 생일 축하해.
#10월의_햇살_현우야_생일축하해
#현우의_매일이_퍼레이드

답글 0 RT 0 좋아요 3

원스어겐음원내놔 @hw_12 · 15분
오늘자 생일을 맞은 현우의 천방지축 어리둥절 빙글빙글 돌아가는 하루 곱씹기
1.블루룸파티 마지막 무대 1위 앵콜 중 서프라이즈 생일축하(진짜 몰랐던 기색)-비하인드언니 제발 무대 뒷모습 풀어주시기루ㅜㅜㅜㅜ
2.유준이랑 외출했다가 막내즈의 미역국 연성을 보게 된 서현우.
3.미역국이라 쓰고 간장국이라 읽는 연성음식을 먹게 된 서현우.
멤버가 만들어 줬다고 꾸역꾸역 먹으려던걸 갓주한 덕분에 살아남
4.화룡정점. 현우의 어머니께 전화 거는 유준잌ㅋㅋㅋㅋㅋㅋㅋㅋ이거 진짜 겁나 웃겼음ㅋㅋㅋㅋㅋ아니 번호 어케 아는겈ㅋㅋㅋㅋㅋㅋㅋㅋㅋ것보다 평소 연락 많이 하나? 현우 어머님도 되게 아무렇지 않게 어~ 아들~하는 거 보고 놀람. 현우도 왜 전화하냐였지 어케 알고 전화하냐가 아니었지.
답글 2 RT 15 좋아요 386

크로노스의 팬들에게 축제와도 같았던 서현우의 생일이 지나갔다.

그들의 큐앱은 볼 때마다 매력적인 부분이 추가로 발견되었다. 무수히 많은 떡밥에 팬들이 재탕, 삼탕, 사탕 곱씹길 반복하며 약 일주일간 흥겨운 파티를 이어 가고 있을 때, 영이 선생님과의 무대를 준비하는 서현우와 고유준은 연습실

바깥에서 눈치를 보며 영이 선생님과 매니저님의 대화가 끝나기를 기다리고 있었다.

"난 라이브 못해."

"선생님, 재차 말씀드리지만 요즘 음악 방송은 라이브가 아니면 출연하기가 쉽지 않습니다. 이 부분에 대해선 선생님께서 양보를 해 주셔야 회사에서도 선생님 새 앨범을 홍보하는 데 물심양면으로 지원 드릴 수 있습니다."

"텐텐 곡을 라이브 해야 하는 줄은 몰랐지. 어? 텐텐 시절 곡은 한번도 라이브로 불러 본 적이 없는데 어쩌라는 거야?"

"……라이브로 진행될 것이라 말씀드렸습니다. 선생님, 후배들도 있는데 일단 한번 해 보시는 게 어떠실까요?"

이게 무슨 상황인가.

나와 고유준의 텐텐 히트곡 안무 연습은 영이 선생님과의 연습이 진행되기 전 완벽히 마무리되었다.

그리고 오늘, 선생님과 처음 텐텐의 곡을 맞춰 보는 날.

선생님은 텐텐의 곡에 맞춰 몇 번 노래하고 춤을 춰 보시더니 불만 가득한 얼굴로 하지 않겠다 선언했다.

"힘들긴 해도 라이브 할 수 있을 것 같은데."

고유준이 들리지 않도록 작게 중얼거렸다.

"우리는 익숙해졌지만 선생님은 나이도 있으시고 해 본 적도 없으시고 뭐. 이런저런 이유가 있겠지."

완벽주의라 까다롭다.

방송에서 그녀를 언급한 모두가 영이 선생님을 완벽주의자라 일컬었다.

하지만 직접 만나 보니 알았다.

그건 상당히 돌리고 돌려서 미화시킨 말이었다고.

영이 선생님은 완벽주의자가 아니고 완벽한 회피형 인간이었다.

잘할 수 있는 것만 하고 못할 것 같으면 우겨서라도 하지 않는.

트레이너 시절 때도 내가 제일 스트레스 받았던 성격.

"쓰읍, 이거 중지되는 거 아니냐?"

고유준의 말에 난 빠르게 고개를 저었다.

"에이, 안 돼. 그럼 우리도 곤란해."

비록 이게 영이 선생님의 앨범을 홍보하기 위한 크로노스의 지원사격이라도 말이다.

우리 크로노스도 이 스케줄을 이용해야 하는 상황이다.

영이 선생님은 오랜 휴식기에도 불구, 아직까지 회자되는 영향력의 레전드 가수다. 보기만 해도 미소를 자아내는 즐거운 그 시절의 무대를 재현할 수 있는 기회는 쉽게 오는 것이 아니니까.

그야말로 우리의 다양한 모습을 보여 주기에 알맞는, 그와 동시에 나와 고유준의 개인 활동의 시작을 알리는 나름 중요한 일정일 것인데.

"매니저님이 잘 설득하시겠지. 지금껏 3년을 함께하시면서 이런 일이 얼마나 많았겠어."

난 그렇게 말하며 고민했다.

라이브하며 춤추는 것이 자신 없어서 고집을 부리시는 모양인데 어떻게 해야 선생님을 설득할 수 있을까.

이런 경우 연습생이라면 조금 강압적으로 나가는 게 좋은데 상대가 상대인지라…….

그러던 나는 문득, 방송에 출연한 영이 선생님의 모습을 떠올렸다.

다음 권으로 이어집니다

번외.
크로노스 프로필

내가 쓰는 프로필(서현우 편)

성명/나이 : 서현우/19살

생일 : 10월 29일

키 : 185cm

혈액형 : AB

1. 크로노스에서 나는 ~~고유준의 장난 ㅋ~~ 점잖음 담당이다.

2. 요즘 관심 있는 일은? : 새로 온 매니저님의 생활 패턴 파악하기./

3. 좋아하는 음식/싫어하는 음식 : 한식(누룽지탕, 계란찜)/해산물(알러지 있음)

4. 좋아하는 것/싫어하는 것 : 고리, 무대, 자는 거/ 탈색, 높은 거, 약한 소리

5. 지금 무슨 생각 하나요? : 고유준 프로필에 낙서를 하러 가야겠다.

6. 나에게 강주한이란? : 날 누구보다 아껴 줍니다. 생각보다 마음이 여려서 챙겨 줘야 한다. 존경합니다. 사랑합니다. 소중한 강주한 만세.

7. 나에게 고유준이란? : 같이 있으면 걱정되는 일도 별거 아닌 것처럼 느껴지게 한다. 평생 싸우면서도 붙어 지낼 것 같다. 언제나 내 편임.

8. 나에게 박윤찬이란? : 착함이 사람으로 태어난 것 같다. 뭐든 챙겨 주고 싶고 도와주고 싶다. 그런데 항상 도움받는 건 나다.

9. 나에게 이진성이란? : 배보. 조만간 케이던스 추자. (형은 말을 못 하는 게 아니야.)

10. 10년 후 목표는? : 10년 후에도 아무 일 없이 그대로 무대에 설 수 있었으면 좋겠다.

내가 쓰는 프로필(강주한 편)

성명/나이 : 강주한/21살

생일 : 7월 6일

키 : 184cm

혈액형 : A

1. 크로노스에서 나는 ~~먹여 살리는~~ 담당이다.

2. 요즘 관심 있는 일은? : 곡 만드는 일, 정산

3. 좋아하는 음식/싫어하는 음식 : 커피/인스턴트, 떡

4. 좋아하는 것/싫어하는 것 : 정산, 크로노스 멤버들, 청소/ 딱히 없다. 곡 작업이 막힐 때 정도?

5. 지금 무슨 생각 하나요? : 고유준과 서현우가 내 앞에서 싸우고 있다. 둘 다 밖으로 치워 버리고 싶다.

6. 나에게 고유준이란? : 강한 척, 어른스러운 척, 유쾌하고 가벼워 보여도 생각이 깊은 동생. 장난이 많지만 유준이 덕분에 팀의 가족 같은 분위기가 유지될 수 있음. 곡 취향 잘 맞음.

7. 나에게 서현우란? : 많이 소중하고 아끼는 동생. 예민하고 유약해 보여도 약한 소리 없이 묵묵하게, 눈 깜박할 사이 앞서 나가고 있어 놀랄 때가 많다. 누구보다 무대에 진심. 노력과 끈기, 실력 면으로 존경할 부분이 많고

의지도 많이 하고 있음. (요즘 겁이 많아진 것 같아서 걱정된다.)

8. 나에게 박윤찬이란? : 요즘 가장 함께 보내는 시간이 많은 멤버. 새벽까지 곡 작업하고 있으면 조용히 들어와 커피를 건네주고 간다. 윤찬이는 진정한 성자가 아닐까. (자신감을 가지고, 하고 싶은 일이 있으면 언제든지 형한테 말해. 도와줄게.)

9. 나에게 이진성이란? : 배보. 너무 어린 나이에 회사에 들어와서 아직까지 귀여운 꼬마라는 느낌이 있다. 하지만 날이 갈수록 벌크업이 심해서 이젠 예전처럼 달려들면 못 받아 주겠음. 그래도 매번 형 형 하며 잘 따라 줘서 고맙고 미안하다. 지금만큼만 잘해 줬으면 좋겠다.

10. 10년 후 목표는? : 저작권왕, 크로노스의 빌보드 진출

내가 쓰는 프로필(고유준 편)

성명/나이 : 고유준/19살

생일 : 9월 30일

키 : 187cm

혈액형 : O

1. 크로노스에서 나는 ~~세계 최강의 +~~ 목소리 담당이다.

2. 요즘 관심 있는 일은? : 작사, 게임

3. 좋아하는 음식/싫어하는 음식 : 고기, 햄버거, 치킨/다 잘먹음, 단거?

4. 좋아하는 것/싫어하는 것 : 멤버, 옷 쇼핑/ 예의 없는 사람

5. 지금 무슨 생각 하나요? : 멤버들이 자꾸 내 프로필을 뜯어고친다. 방금 주한 형한테 맞은 등짝이 아린다 흑흑

6. 나에게 강주한이란? : ~~내 단짝 친구~~ 미래의 넘버원 작곡 천재

위엔 주한 형이 쓴 거다. 굉장히 어른스럽고 책임감이 강하다. 돌을 빌하는 짠 이미지가 있지만 사실 멤버들에게 돈 되게 잘 쓴다. 멤버 모두 힘든 일이 있으면 말하기 전부터 알아차리고 부드럽게 감싸 줄 줄 아는 사람. 늘 고맙고 많은 도움을 받고 있다. 본인이 힘들 때도 멤버들에게 기대 줬으면 좋겠음.

7. 나에게 서현우란? : ~~내 장난감~~ 나의 롤모델, 가장 존경하는 스승.

위엔 서현우가 쓴 거다. 곁에서 보고 있으면 나까지 열심히 하게 된다. 무

대 영상을 보고 있으면 너무 멋있어서 친구인 나까지 자랑스러워진다. 최근 멍하니 생각하는 시간이 많아진 것 같다. 갑자기 어른이 되어 버린 것인지 고민이 있는 것인지는 모르겠지만 이전보다 조용해져서 걱정된다. 무슨 일 있으면 꼭 형한테 말하려무나. 난 언제나 네 편이다.

8. 나에게 박윤찬이란? : 겁 많은 울보 고래밥이

농담이고 언제나 자신보다 멤버들을 배려하고 양보하는 착한 친구. 조금은 본인을 더 드러내도 좋을 거다. 멤버들은 윤찬이를 너무 좋아하기 때문에 어떤 행동이라도 귀여워해 줄 거다.

9. 나에게 이진성이란? : ~~춤밖에 모르는 근육쟁이 바보.~~ **미래의 넘버원 춤신**

위엔 진성이가 쓴 거다. 매일 형들에게 징징거리고 달라붙어 오지만 무대 위에서의 모습이 굉장히 멋있다. 무대에서만큼은 그의 근육만큼이나 듬직하다. 종종 무리할 때가 있는데 이번에 다쳤을 때 마음이 아팠다. 그래도 사랑한다.

10. 10년 후 목표는? : 현재의 유지

내가 쓰는 프로필(박윤찬 편)

성명/나이 : 박윤찬/18살

생일 : 3월 5일

키 : 177cm

혈액형 : A

1. 크로노스에서 나는 주한 형, 진성이 담당이다.
2. 요즘 관심 있는 일은? : 불어, 무대 모니터링
3. 좋아하는 음식/싫어하는 음식 : 요즘 단게 좋다, 쌀 음료/~~없다 없~~...악어, 전갈
4. 좋아하는 것/싫어하는 것 : 멤버, 가족, 공부, 연극/~~없다~~다이어트
5. 지금 무슨 생각 하나요? : 유준이 형 프로필 찢어질 것 같은데……. 배고프다.
6. 나에게 강주한이란? : 언제나 의지하고 있는 자상한 형입니다. 매번 도움만 받고 있는 것 같아서 미안합니다. 언젠가 저도 형에게 도움이 되는 사람이 되고 싶어요. 늘 감사합니다.
7. 나에게 고유준이란? : 너무 멋진 형입니다. 장난스럽게 다가와 그룹의 분위기를 유하게 풀어 줍니다. 목소리가 너무 좋습니다. 화음을 맞출 때 기분 좋아집니다. 많은 멤버들이 유준 형과 대화를 하며 긴장을 풀곤 합니다.

8. 나에게 서현우란? : 존경하는 형입니다. 언제나 노력하는 점도 멋지게 해내는 것도 너무 멋있습니다. 저도 현우 형 같은 사람이 되고 싶은데 그러기엔 현우 형의 무대 위 모습은 너무 대단해서 따라 할 수 있을지 모르겠습니다. 사실 함께 무대에 설 때마다 팬분들과 같이 멍하니 모습을 구경하게 될 때가 많습니다. 무대에 오르는 즐거움을 알게 해 준 사람.

9. 나에게 이진성이란? : 애교가 많고 귀여운 동생입니다. 무대 위와 아래가 제일 다른 멤버 같아요. 멤버들에게는 언제나 귀여운 동생이지만 무대 위에선 프로가 되는 것이 멋있습니다. 가장 붙어 있는 시간이 많은 멤버인데 함께 있을 때마다 기분이 좋아집니다.

10. 10년 후 목표는? : 조금 더 그룹에 도움이 되는 사람이 될 수 있기를.

내가 쓰는 프로필(이진성 편)

성명/나이 : 이진성/17살

생일 : 4월 25일

키 : 186cm

혈액형 : B

1. 크로노스에서 나는 댄스 담당이다.

2. 요즘 관심 있는 일은? : 댄스, 운동화

3. 좋아하는 음식/싫어하는 음식 : 고기!!! 다 좋아함/다이어트할 때 먹었던 닭가슴살과 야채를 갈아 만든 음료

4. 좋아하는 것/싫어하는 것 :
댄스!!!!/ 지금은 유준이 형이 싫다

5. 지금 무슨 생각 하나요? : 유준이 형이 자꾸 내 프로필을 노린다. 아까 현우 형이랑 주한 형한테 맞았으면서 또 저런다.

6. 나에게 강주한이란? : 처음엔 좀 많이 무서운 형이었는데 지금은 편하고 너무 좋다. 자꾸 공부시키려고 하고 형한테 자주 혼난다. 선생님 같다.

7. 나에게 고유준이란? : 장난 정말 잘 친다. 근데 장난치는 걸 빼면 하는 행동이나 생각은 어른스럽고 멤버를 굉장히 잘 챙겨 준다. 나도 현우 형처럼 유준이 형 같은 친구가 있었으면 좋겠다. 같은 멤버라서 챙김받을 수

있어 좋음.

8. 나에게 서현우란? : 무대 위 리더. 어느 날부터 갑자기 실력이 늘어서 놀라게 했다. 뭔가 비법이 있는 듯해서 요즘 관찰하는 중이다. 나와는 춤선이 다른데 느낌이 굉장히 좋아서 몰래 따라 한 적 있다. 하지만 난 역시 내 춤이 좋다 ㅎㅎ ...최근 들어 굉장히 날 귀여워하는 것 같다. 어른인 척함.

9. 나에게 박윤찬이란? : 세상에서 제일 천사 같은 사람. 보증 서 달라고 하면 서 줄 수 있을 것 같음. ~~보증이 뭔지 모르잖아 진성아~~ 유준이 형이 진짜 밉다. 아무튼 나는 사실 윤찬이 형이 제일 좋다.

10. 10년 후 목표는? : 빌보드의 댄서